歷代全集叢刊／張印棟主編

蘇子由遺著彙刊

（第十册）

（北宋）蘇轍　撰

河南人民出版社

欽定四庫全書

古史原叙

蘇子曰古之帝王皆聖人也其道以無為為宗萬物莫能嬰之其於為善如水之必寒如火之必熱其於不為不善如騶虞之不殺如竊脂之不穀不學而成不勉而得其積之中者有餘故其推之以治天下者有不可得而知也孔氏之遺書曰喜怒哀樂之未發謂之中發而皆中節謂之和中也者天下之大本也和也者天下之

達道也致中和天地位焉萬物育焉天地萬物猶將賴
之以存而况於人乎自三代之衰聖人不作世不知本
而馳騁於喜怒哀樂之餘故其發於事業日以鄙陋不
足以睎聖人之萬一雖春秋之際王澤未竭士生其間
習於禮義而審於利病如管仲晏子子産叔向之流皆
不足以知之至於孔子其知之者至矣而未嘗言孟子
知其一二時以告人而天下亦莫能信也陵遲及於秦
漢士益以功利爲急言聖人者皆以其所知億之儒者

留於度數而智者溺於權利皆不知其非也太史公始易編年之法為本紀世家列傳記五帝三王以來後世莫能易之然其為人淺近而不學疎略而輕信漢景武之間尚書古文詩毛氏春秋左氏皆不列於學官世能讀之者少故其記堯舜三代之事皆不得聖人之意戰國之際諸子辯士各自著書或增損古事以自信一時之說遷一切信之甚者或采世俗相傳之語以易古文舊說及秦焚書戰國之史不傳於民間秦惡其議已也

焚之略盡幸而野史一二存者遷亦未暇詳也故其記戰國有數年不書一事者余竊悲之故因遷之舊上觀詩書下考春秋及秦漢雜錄記伏犧神農訖秦始皇帝爲七本紀十六世家三十七列傳謂之古史追録聖賢之遺意以明示來世至於得失成敗之際亦備論其故嗚呼由數千歲之後言數千歲之前其詳不可得矣幸其猶有存也而或又失之此古史之所爲作也

欽定四庫全書　史部四

古史目錄　別史類

本紀七

三皇第一

五帝第二

夏第三

商第四

周第五

滑稽第三十七

欽定四庫全書

古史卷一

宋 蘇轍 撰

三皇本紀

太昊伏犧氏風姓始觀天地之象鳥獸之文近取諸身遠取諸物以畫八卦教民嫁娶儷皮以為禮作結繩為罔罟以佃以漁豢養犧牲服牛乘馬故曰伏犧亦曰包犧氏伏犧以木德王天下故為三皇首河出圖故為龍師而龍名居於宛丘後世所謂太昊之虛也伏犧氏既

衰而共工氏伯九州自謂水德天王行之叙其後神農
氏興而伏犧之子孫不可復紀至周衰有任宿須句顓
臾皆風姓邑於濟上奉伏犧之祀
炎帝神農氏姜姓以火德繼木為火師而火名故曰炎
帝斲木為耜揉木為耒教民稼穡故曰神農始為市以
通有無嘗草木百藥以救疾苦其子柱能殖百穀百蔬
五帝之世祀以為稷子孫傳世為黄帝所滅黄帝亦神
農之後以其德異故異號異姓而炎帝之後事堯者有

四岳事周者齊許申甫皆列於諸侯焉
黄帝軒轅氏姬姓亦曰有熊氏神農之後而少典之子也少典取有蟜氏生黄帝炎帝世衰諸侯相侵伐暴虐百姓炎帝弗能征於是軒轅乃習用干戈以征不享諸侯咸来賔從而蚩尤最為暴莫能伐炎帝欲侵陵諸侯諸侯咸歸軒轅軒轅乃修徳振兵教熊羆貔貅貙虎以與炎帝戰於阪泉之野三戰然後得志蚩尤作亂不用帝命於是徵師諸侯戰於涿鹿之野遂禽殺蚩尤諸侯

咸尊軒轅代神農氏為黃帝天下有不順者從而征之平者去之披山通道未嘗寧居以師兵為營衛為雲師而雲名舉風后力牧常先大鴻以治正名百物書契律歷衣服棟宇舟車弧矢之利皆本於黃帝黃帝作雲門大卷之樂其師岐伯明於方世之為醫者宗焉然黃帝之書戰國之間猶存其言與老子相出入以無為宗黃帝之書與老子同者多見於列子其設於世者與時俯仰皆其見於外者也黃帝居軒轅之丘而取於西陵之女是為嫘祖嫘祖

為黄帝正妃生二子後皆有天下其一玄囂是為青陽其二昌意黄帝葢四妃二十五子其得姓者十四人為十二姓曰姬酉祁己滕箴任荀僖佶儇依黄帝崩葬於橋山子青陽立是為帝少昊至虞夏之世皆禘黄帝

蘇子曰孔子删詩及書起於堯舜稷契之際以為自是以上其事不可詳矣至司馬遷紀五帝首黄帝遺犧農而黜少昊以為帝王皆出於黄帝葢紀其世非紀其事也故余因之然黄帝本神農之後少典之子神農豈非

五帝世耶盖黄帝高陽高辛子孫代有天下而少昊之後不傳周禮六樂無少昊之樂易叙古帝王亦不道也遷由是黜而不紀後世多以遷為非者於是作三皇本紀復紀少昊於五帝首

古史卷一

欽定四庫全書

古史卷二

五帝本紀

宋 蘇轍 撰

帝少昊金天氏曰摯亦曰青陽都於曲阜其立也鳳鳥適至故以鳥紀爲鳥師而鳥名鳳鳥氏歷正也玄鳥氏司分者也伯趙氏司至者也青鳥氏司啓者也丹鳥氏司閉者也祝鳩氏司徒也鴡鳩氏司馬也鳲鳩氏司空也爽鳩氏司寇也鶻鳩氏司事也五鳩鳩民者也五雉

為五工正九扈為九農正而其四叔重為句芒該為蓐
收脩及熙為玄冥少昊氏既衰而黄帝之孫顓頊代之
少昊之後見於周衰有郯子焉
帝顓頊高陽氏黄帝之孫而昌意之子也都於帝丘始
為民師而命以民事少昊氏之衰也九黎亂德民神雜
糅不可方物家為巫史民匱於祀民瀆齊盟而神不蠲
民嘉生不降禍災荐至顓頊乃命南正重司天以屬神
火正黎司地以屬民絶地天通使無相侵瀆然後民安

其生高陽氏之滅也歲在鶉火左傳晉史趙曰陳顓頊之族也歲在鶉火是以卒滅陳將如之黃帝之曾孫嚳代之顓頊之後六世生舜五世生鯀故虞夏皆祖顓頊帝嚳高辛氏黃帝之曾孫也父曰蟜極祖曰玄囂都於亳取陳鋒氏生堯取娵訾氏生摯取有娀氏生契取有邰氏生稷帝嚳崩而摯代立帝摯立不善崩而其弟立是為帝堯契之後為殷稷之後為周故堯禪舜舜祀嚳於郊而殷周皆祀嚳於禘

帝堯陶唐氏都於平陽黃收純衣彤車白馬茅茨不翦

土階三等為咸池之樂克明俊德以親九族九族既睦平章百姓百姓昭明協和萬邦黎民於變時雍高辛氏既衰而三苗復亂九黎之德堯乃復育重黎之後曰羲仲羲叔和仲和叔使平秩四方以正四時允釐百工庶績咸熈於是堯訪於羣臣曰疇咨若時登庸放齊曰嗣子丹朱開明堯曰吁嚚訟可乎堯又曰疇咨若予采驩兜曰共工方鳩僝功堯曰吁静言庸違象共滔天不可堯復問四岳曰湯湯洪水滔天浩浩懐山襄陵下民其

咨誰可使治者皆曰鯀可堯曰鯀方命圮族不可岳曰

异哉試不可用乃已堯於是聽岳用鯀九載功用不成

堯復問曰朕在位七十載汝能庸命巽朕位岳曰否德

忝帝位堯曰明明揚側陋衆皆曰有鰥在下曰虞舜堯

曰俞予聞如何岳曰瞽子父頑母嚚象傲克諧以孝烝

烝乂不格姦堯曰我其試哉於是妻之二女以觀其德

舜飭下二女於嬀汭如婦禮堯善之堯知子丹朱不肖

不足授天下得舜試之三年而告之曰予詢事考言乃

言底可績三載矣汝遂陟帝位舜讓于德弗嗣堯不許以正月上日受終于文祖堯遂老使舜攝行天子之政二十有八載而堯崩百姓如喪考妣三載四海遏密八音舜乃封丹朱使奉堯祀服其禮樂以客見天子而舜亦宗祀堯至舜之子孫乃更郊堯而宗舜自黄帝至堯皆姬姓同姓而異其國號所以章明德也堯後有劉累者學擾龍於豢龍氏事夏孔甲賜氏曰御龍以更豕韋之後為豕韋氏商之衰還居於唐周以唐封叔虞復自

唐徙杜為唐杜氏周宣王誅杜伯其子隰叔適晉為范氏范武子奔秦自秦復歸于晉其處者為劉氏而漢其苗裔也

蘇子曰四岳薦鯀於堯堯知鯀之不可用而屈於四岳民被其害者九年後世疑之知其不可而用之不仁屈於四岳而不能信不知予嘗論之水之為害不可一日不治而人之知治水者雖聖賢有不能也是以堯舜皆不自治得禹而後濟方禹之未見也天下言治水者莫

如鯀棄鯀而不試有不仁焉斯堯之所以用鯀也歟
帝舜有虞氏嬀姓舜父瞽叟瞽叟父曰橋牛橋牛父曰
勾望勾望父曰敬康敬康父曰窮蟬窮蟬帝顓頊之子
也自窮蟬至舜皆微為庶人舜父病瞽母亡而更娶生
象父母愛象而惡舜遇舜不以道舜事父母撫弟篤於
敬愛瞽猶不順舜往于田日號泣于旻天于父母負罪
引慝祗載見瞽叟夔夔齊栗瞽亦允若不至於姦以是
耕於歷山歷山之人皆讓畔漁於雷澤雷澤之人皆讓

居陶於河濱器不苦窳一年而所居成聚二年成邑三年成都堯聞其賢妻之二女以觀其內事之九男以觀其外二女不敢以其貴驕而九男皆益篤堯知其聖人也乃命舜慎徽五典五典克從納于百揆百揆時叙賓于四門四門穆穆納于大山林麓烈風雷雨弗能迷也世或言所謂納于大麓者太山之麓帝王禪代告終之所在此太山之所以為岱宗者也然方舜之納于大麓也蓋未受終于文祖類于上帝猶人臣也而遽告代于太山可乎如是三載堯乃命舜以位正月上日受終于文祖察琁璣玉衡齊七政以觀

天命之逆順而天命無違於是類于上帝禋于六宗者儒言六宗皆不同禮祭法曰泰昭祭時也坎壇祭寒暑也王宮祭日也夜明祭月也幽宗祭星也雩宗祭水旱也孔安國王肅以此為六宗夫言古事當以古説為近舍祭法不用而以意立説未可信也或以乾坤六子宗廟三昭三穆當之其數雖合然自古無祭八卦之文舜既受終于文祖然後推考天人觀其逆順而偏祭之則三昭三穆於其祭文祖兼之矣望于山川偏于羣神輯五瑞以觀諸侯之從否而諸侯莫有不至於是覲四岳羣牧班瑞于羣后遂以四時巡守方岳燔柴告至望秩山川肆覲諸侯協時月正日同律度量衡修五禮五玉三帛二生一死

贊如五器卒乃復歸格于藝祖用特五載一巡守羣后四朝敷奏以言明試以功車服以庸舜舉禹使治水水行地中建十有二州封十有二山濬川民咸安其生於是象以典刑流宥五刑鞭作官刑扑作教刑金作贖刑眚災肆赦怙終賊刑流共工于幽州放驩兜于崇山竄三苗于三危殛鯀于羽山四罪而天下咸服二十有八年而堯崩舜除三年之喪正月元日見于文祖詢于四岳咨十有二牧舜自百揆為天子未有代之者於是舜

問四岳誰可使宅百揆皆曰伯禹作司空可帝曰俞咨禹汝平水土惟時懋哉禹讓于稷契臯陶帝曰俞汝往哉是時棄既已為稷契既已為司徒臯陶既已為士矣舜皆稱其功申命其事復博訪羣臣因其所舉而即用之所舉無不賢者乃以垂為工以益為虞以夷為秩宗以夔典樂以龍為納言凡命四岳十二牧九官二十有二人世咸以四岳為四人非也傳言齊許皆四岳之後姜姓蓋一人耳三載考績三考黜陟幽明庶績咸熙惟三苗之遺民為惡不悛乃復分

北處之以散其衆然後四海咸戴舜德興九招之樂致異物鳳凰來翔天下明德皆自虞帝始舜弟象封於有鼻舜子商均亦不肖舜乃命禹曰朕宅帝位三十有三載耄期倦于勤汝惟不怠總朕師禹讓於皐陶舜曰天之歷數在汝躬汝終陟元后禹曰枚卜功臣而從其吉可也舜不許正月朔旦受命于神宗率百官若帝之初神宗者舜之所宗堯也舜受命于文祖禹受命于神宗蓋將以天下與人必告其所從受天下者也舜既老任禹以政苗民猶弗率舜命舜命禹征

之禹伐之三旬而苗民不服益賛于禹稱舜之在歷山日號泣于昊天負罪引慝而瞽叟允若至諴感神矧茲有苗其有不服者乎禹用其言而班師舜乃誕敷文德舞干羽于兩階七旬而有苗格是時舜在位三十三年德之及物也久矣以舜之德而誅三苗之虐以天下之衆而伐三苗之微其為不敵也明矣然而攻之三旬而不服引兵而歸舞干羽于兩階七旬而格之何也雖以舜之德舉天下之衆而伐之是以力較之也以力較之必其力竭而後服引兵而歸不較其力而娭之以德吾無爭心而三苗愧恥之心生矣七旬而後格雖以為遲可也蓋舜三十而徵庸攝位三十年即位五十年都於蒲坂南巡守

崩於蒼梧之野而葬于九疑禹封其子於虞有虞氏世禘黄帝郊堯祖顓頊宗舜報幕其後有虞思箕伯直柄虞遂伯戲虞思封夏少康者也其餘四人見晏子與叔向言齊事皆失其世次至商而封遂左傳舜真德于遂至周而封陳陳敬仲完自陳奔齊

其後代齊

蘇子曰學者言堯舜之事有三妄焉太史公得其一不得其二莊子稱堯以天下讓許由許由不受耻之逃隱莊子蓋寓言焉而後世信之太史公曰舜禹之間岳牧

咸薦試之於位典職數十年功用既興然後授政示天下重器王者大統傳天下若斯之難而許由何以稱焉孟子曰堯將舉舜妻以二女瞽叟不順不告而娶既而猶欲殺舜而分其室然舜終不以為怨余考之於書孟子益失之矣世豈有不能順其父母而能治天下者哉四岳之薦舜曰烝烝乂不格姦益之稱舜曰夔夔齊栗瞽亦允若則舜之為庶人既已能順其親使不至於姦矣父母兄弟之際智力之所不施也有頑父嚚母傲

弟而能和之以不失其親惟至仁能之此堯之所以用舜而不疑者也父子相賊姦之大也豈其既已用之而猶欲殺之哉孟子又言堯舜禹之終皆薦人於天堯崩舜辟堯子於南河之南舜崩禹辟舜子於陽城天下皆往歸之然後之中國踐天子位禹崩益辟禹子於箕山之陰朝覲獄訟者皆不之益而之啓故益不得為天子以書觀之此亦非君子之言也舜禹之攝格于祖考郊祀天地朝見諸侯巡守方岳行天子之事矣及其終而

又辟之何哉使舜禹辟之天下歸之而其子不順將從天下而廢其子歟將奉其子而違天下歟此事之至逆由辟致之也至益不度天命而受位於禹辟之而天下不從然後不敢為匹夫猶且恥之而謂益為之哉

古史卷二

欽定四庫全書

古史卷三

宋 蘇轍 撰

夏本紀

夏禹帝顓頊之後禹之父鯀顓頊五世孫也太史公以鯀為顓頊之子其世太迫班固律歷志以為五世孫近得之故取焉以崇伯事堯堯被洪水之患訪於四岳求可治水者四岳舉鯀可用堯曰鯀方命圮族不可岳曰等之未有賢於鯀者於是堯聽四岳用鯀鯀堙洪水汨陳其五行水不潤下上帝震怒不畀洪

範九疇彝倫攸斁九年功用不成堯更求人得舜舜登用攝行天子之政廵守行視鯀之治水無狀乃殛鯀于羽山而舉鯀之子禹使續鯀之業天乃錫禹洪範九疇彝倫攸叙禹以此治水水得其性所謂洛書者也禹之為人克勤于邦克儉于家不自滿假不矜不伐既受命傷先人功之不成受誅乃勞身焦思居外十三年三過其門而不入取于塗山辛壬癸甲啓呱呱而泣亦弗遑子也非飲食致孝乎鬼神惡衣服致美乎黻冕卑宫室

盡力乎溝洫陸行乘車水行乘舡泥行乘橇山行乘檋
隨山刊木暨益奏庶鮮食決九川距四海濬畎澮距川
暨稷播奏庶艱食鮮食懋遷有無化居烝民乃粒萬邦
作乂蓋禹行自冀州始自冀而東治兖青徐自徐而南
治揚荆自荆而西治豫梁雍皆相其土田草木之宜以
作貢賦謂之禹貢東漸于海西被于流沙朔南暨聲教
訖于四海堯賜之玄圭以告成功使為司空及堯崩舜
為天子復代舜典百揆三十三年而舜命以位讓于臯

陶舜不可禹固辭不獲命乃以正月朔旦受命于神宗帥百官若帝之初是時三苗之君雖已流竄其國人猶不用帝舜復命禹征之禹會諸侯誓師而行三旬苗民不服益賛于禹曰惟德動天無遠弗届滿招損謙受益時乃天道帝初于歷山往于田日號泣于旻天于父母負罪引慝祗載見瞽叟夔夔齊栗瞽亦允若至誠感神矧茲有苗禹拜受其言而班師舜乃大敷文德舞干羽于兩階七旬而有苗格舜崩禹即天子位號曰帝禹攺

正朔服色歲首建寅色尚黑大事斂用昏戎事乘驪牲用玄合諸侯於塗山執玉帛者萬國其後南巡守復會諸侯於江南計功而崩因葬焉命曰會稽會稽者會計也子帝啓立有扈氏不共啓伐之大戰于甘將戰作甘誓啓崩子帝太康立太康盤遊無度田于有洛之表十旬弗反有窮后羿因民弗忍距于河太康弟五人御其母以從徯于洛之汭作五子之歌羿遂逐太康而立其弟仲康是為帝仲康羲和湎淫廢時亂日仲康命胤侯

征之作胤征仲康崩子帝相立羿之放太康也自鉏遷于窮石因夏民以代夏政滅樂正后夔之子伯封恃其射也不修民事而虞于原獸武羅伯因熊髡厖圉皆其賢臣也棄之不用而用寒浞寒浞伯明氏之讒子弟也信而使之以為己相浞行媚于内施賂于外而虞羿于田内外咸服而羿不知也將歸自田家衆殺而烹之以食其子其子不忍食死于窮門夏之遺臣靡奔有鬲氏浞因羿室生澆及豷恃其讒慝詐偽而不德于民使澆

用師滅斟灌及斟尋氏處澆于過處豷于戈滅夏后相
相之后緡方娠逃出自竇歸于有仍生少康惎澆能戒
之澆使椒求之逃奔有虞為之庖正以除其害虞思妻
之以二姚而邑諸綸有田一成有衆一旅能布其徳以
收夏衆使女艾諜澆使季杼誘豷靡自有鬲氏收二斟
之燼以殺浞而立少康少康滅澆于過后杼滅豷于戈
以復禹之迹是為帝少康少康崩子帝杼立帝杼崩子
帝槐立帝槐崩子帝芒立帝芒崩子帝泄立帝泄崩子

帝不降立帝不降崩弟帝扃立帝扃崩子帝廑立帝廑崩立帝不降之子孔甲孔甲好方鬼神事夏后氏始衰諸侯畔之得乘龍河漢各二各有雄雌孔甲不能食有劉累者學擾龍于豢龍氏以事孔甲能飲食之孔甲賜之氏曰御龍龍一雌死潛醢以食孔甲孔甲求之懼而遷去孔甲崩子帝皐立帝皐崩（帝皐墓在殽之南陵蹇叔云）子帝發立帝發崩子帝履癸立是為桀自孔甲以來諸侯多畔桀不務德而武傷百姓百姓弗堪伐有施氏有施以妹

喜女焉桀嬖愛之政益亂復克有緡淫佚滋甚召湯而因之夏臺已而釋之湯益修德諸侯歸之遂帥兵伐桀桀兵敗奔南巢遂放而死蓋夏后氏禘黄帝郊鯀祖顓頊宗禹報杼周興封其後杞繒以奉禹祀禹本姒姓其後分封以國為氏有夏后氏有扈氏有男氏斟尋氏彤城氏褒氏費氏杞氏繒氏辛氏冥氏斟氏戈氏

蘇子曰聖人之於天下苟可以安民不求為異也堯舜傳之賢而禹傳之子後世以為禹無聖人而傳之而後

授之其子孫此以好異期聖人也昔者湯有伊尹武王有周公而周公又武王之弟也湯之太甲武之成王皆可以為天下而湯不以予其臣武王不以予其弟誠以為其子之才不至於亂天下者無事乎授之它人而以為異也而天下何獨疑禹哉今夫人之愛其子是天下之通義也有得焉而以予其子孫又情之所皆然也聖人以是為不可易故因而聽之使之父子相繼而無相亂以至於堯堯舉天下而授之舜舜得堯之天下而又

授之禹舉天下而授之人此聖人之所以大過人而天
下後世之所不能也天下後世之所不能而聖人獨為
之豈以為異哉天下之人不能皆賢而有異人焉為異
而震之則天下皆將喜其名而失其真故夫堯舜之傳
賢者是不得已而然也使堯之丹朱舜之商均僅可以
守天下而堯肯傳之舜舜肯傳之禹以為異而疑天下
哉然則禹之不以天下授益非以益為不足授也使天
下復有禹乎知禹之不以天下授之矣何者啓足為天

下故也啟為天下而益為之佐是益不失為伊尹周公其功猶可以及天下也聖人之不喜異也如此魯人之法贖人者受金於府子貢贖人而不受賞夫子嘆曰嗟夫使魯之不復贖人者賜也夫夫贖人而不以為功此君子之所以異於衆人者而其弊乃至於不贖是故聖人不喜夫異以其有時而窮也閔子終三年之喪見於夫子援琴而歌戚戚而不樂子夏終三年之喪見於夫子取琴而鼓之其樂侃侃然作而曰先王制禮不敢不

及也而夫子皆以為賢由此觀之禹益之事傳者之過也記有之曰有虞氏禘黄帝而郊嚳祖顓頊而宗堯夏后氏禘黄帝而郊鯀祖顓頊而宗禹舜禹皆有所從受天下者也其所從受天下者不可忘也故舜宗堯而置瞽叟此天下之大義也至禹不獨廢堯而且忘舜鯀雖得罪以父故得祭於郊從舜之義則禹為忘其君從禹之義則舜為忘其親二者皆聖人之所不為也予聞之禮之所行義之所許也故禮雖先王未之有可以義起

也舜禹之有天下則先王之所未有也故堯雖非父而其德載於後世不可以不宗瞽雖其親而無功於人不可以私享二者皆義也至夏后氏郊鯀而宗禹此禹之子孫之禮也孰謂禹之不宗舜哉柳下惠稱有虞氏郊堯而宗舜先儒以為此虞氏子孫之禮也以虞推禹則禹其有不宗舜乎雖然夏之子孫所以不宗舜者以有鯀也鯀雖得罪於舜而從事於水者九年非瞽瞍之比也故卒為夏郊而三代祀之三代猶以其功祀之而其子

孫頎可以宅人廢之乎故夫虞夏之祀皆義之所予也

古史卷三

欽定四庫全書

古史卷四

宋　蘇轍　撰

殷本紀

殷契帝嚳之子母曰簡狄有娀氏之女也為帝嚳次妃見玄鳥墮其卵取吞之因孕生契契長而佐禹治水有功事堯舜為司徒舜命之曰百姓不親五品不孫汝作司徒敬敷五教在寛封於殷賜姓子氏契卒子昭明立昭明卒子相土立陶唐氏之火正閼伯居商丘以祀大

火相土因之故商主大火相土卒子昌若立昌若卒子曹圉立曹圉卒子冥立冥為水官勤於水事而死於水子振立振卒子微立微卒子報丁立報丁卒子報乙立報乙卒子報丙立報丙卒子主壬立主壬卒子主癸立主癸卒子天乙立是為成湯自契至湯八遷湯始居亳從先王居得伊尹任以國政伊尹者有莘之逸民也耕於有莘之野而樂堯舜之道無求於諸侯湯以幣聘之三反而後從湯湯征諸侯葛伯不祀湯使人問之曰無

以共犧牲也湯遺之牛羊葛伯食之又不以祀湯又使人問之曰無以共粢盛也湯使亳衆往為之耕老弱饋食葛伯率其民邀其有酒肉黍稻者奪之不受者殺之有童子以黍肉餉殺而奪之故湯征自葛載東面而征西夷怨南面而征北狄怨曰奚獨後予攸徂之民室家相慶曰徯予后后來其蘇是時夏桀為虐而諸侯韋氏顧氏昆吾氏皆為亂湯使伊尹適夏以觀桀之政可輔輔之不可輔伐之伊尹入夏知桀之不可為也復歸于亳

湯遂與伊尹伐韋顧昆吾克之遂伐桀升自陑從桀於
安邑戰于鳴條之野勝之將易置夏社而後世莫及句
龍者乃止夏師大敗湯從之桀奔南巢而死湯自為繼
虞夏之後而以兵取天下曰台恐來世以台為口實蓋
有慚德焉還自夏至大坰仲虺乃作誥言桀之不可不
伐者釋之湯歸于亳復作湯誥以伐桀大義告天下改
正朔服色以十二月為歲首色尚白大事斂用日中戎
事乘翰牲用白牡樂曰大濩其後大旱七年湯剪髮斷

爪禱于桑林之社而雨作桑林之樂湯崩太子太丁未立而卒立其弟外丙是為帝外丙三年崩立其弟仲壬是為帝仲壬四年崩乃立太丁之子太甲是為帝太甲

太甲元年十二月太甲之祀先王及歸于亳皆以十二月者殷之正月也孔安國以為湯崩逾月而太甲即位然則未逾年而即位可乎伊尹以冡宰奉太甲祀于先王侯甸羣后咸在百官總已以聽冡宰伊尹乃明言烈祖之成德以訓于王太甲不能用伊尹乃即湯之墓營桐宫以放太甲使居憂焉太甲悔過自咎終喪三年十二月

朔伊尹以冕服奉嗣王歸于亳作太甲三篇以申戒之
太甲不以為怨伊尹不以自疑乃尊伊尹曰保衡及其
老作咸有一德以歸太甲在位三十三年而崩是為太
宗子帝沃丁立沃丁之世伊尹卒葬之于亳咎單遂訓
伊尹事作沃丁沃丁崩弟帝太庚立太庚崩子帝小甲
立小甲崩弟帝雍已立殷道衰諸侯或不至雍已崩弟
帝太戊立任伊陟臣扈伊陟者伊尹之子也亳有祥桑
穀生于朝七日大拱伊陟贊于巫咸作咸乂四篇太戊

懼而修德贊于伊陟作伊陟原命桑穀死殷復興諸侯
歸之享國七十五年而崩是為中宗子帝仲丁立仲丁
遷于囂仲丁崩弟帝外壬立外壬崩弟帝河亶甲立河
亶甲居相殷復衰河亶甲崩子帝祖乙立圯于相復遷
于耿任巫賢殷復興巫賢者巫咸之子也祖乙崩子帝
祖辛立祖辛崩弟帝沃甲立沃甲崩立沃甲兄祖辛之
子祖丁是為帝祖丁祖丁崩立沃甲之子南庚是為帝
南庚南庚崩立祖丁之子陽甲是為帝陽甲自仲丁以

来廢適而更立諸弟子諸弟子或爭相代立比九世亂於是諸侯莫朝陽甲崩弟帝盤庚立自成湯至盤庚凡五遷殷已居河北河數為敗盤庚乃南渡辟河復居于亳民始不悦乃作盤庚三篇告而遷之於是百姓復安殷復興盤庚崩弟帝小辛立殷復衰小辛崩弟帝小乙立小乙崩子帝武丁立武丁少學于甘盤已而遷于荒野入宅于河自河徂亳欲以習知民事之艱難及父没亮陰三年既免喪猶弗言也羣臣疑而問焉武丁曰以

台正四方台恐德弗類茲故弗言恭默思道夢帝賚予
良弼其代予言乃以其形求之于天下說為胥靡築于傅
巖惟肖乃立為相號之曰傅說任以保衡之事殷復興
武丁祭成湯祭之明日有飛雉升鼎耳而雊祖巳訓諸
王作高宗肜日高宗之訓武丁在位五十九年而崩是
為高宗子帝祖庚立祖庚崩弟帝甲立帝甲淫亂殷復
衰帝甲崩子帝廩辛立廩辛崩弟帝康丁立康丁崩子
帝武乙立復去亳徙河北武乙無道為偶人謂之天神

與之博使人為行不勝而僇辱之為革囊盛血仰而射之命曰射天武乙獵於河渭之閒暴雷震死子帝太丁立太丁崩子帝乙立殷益衰帝乙崩子帝辛立是為紂紂帝乙之適子也帝乙之長庶曰微子啓啓賢以母賤不得立紂為人辯給捷疾聞見甚敏紂力過人手格猛獸知足以拒諫言足以飾非矜人臣以能以為皆出已下好酒淫樂嬖於婦人伐有蘇氏有蘇以妲己女焉紂嬖之惟妲己之言是從使師涓作淫聲北里之舞靡靡

之樂厚賦稅以實鹿臺之財積鉅橋之粟益收狗馬奇物充牣宮室廣沙丘苑臺多取野獸蜚鳥置其中以酒為池以肉為林使男女倮相逐其閒為長夜之飲弗事上帝神祇廢宗廟之祀犧牲粢盛既于凶盜百姓怨望諸侯有畔者紂乃作重刑辟有炮烙之法以西伯昌九侯鄂侯為三公九侯有女入之紂女不喜淫紂怒殺之而醢九侯鄂侯爭之并脯鄂侯西伯昌聞之竊歎崇侯虎以告紂囚西伯羑里七年西伯之臣閎夭之徒求美

女奇物善馬以贖西伯西伯出而獻洛西之地請除炮烙之刑紂許之賜弓矢斧鉞得專征伐為西伯而用費仲為政費仲善諛好利殷人弗親又用惡來惡來善讒毀諸侯諸侯益疏西伯歸而修德諸侯多畔紂往歸西伯西伯益大舉兵戡黎近於殷殷臣祖伊恐奔告于紂曰嗚呼天既訖我殷命今我民罔弗欲喪曰天曷不降威大命不至今王其如台王曰我生不有命在天祖伊反曰乃罪多參在上安能責命于天乎是時殷之耆舊

大臣皆棄不用微子啓箕子王子比干皆憂懼莫能救
商容廢居於家紂之卿士大夫皆四方多罪逋逃之人
也西伯既已受命稱王九年而没武王終三年之喪以
諸侯東伐至于孟津觀政于商欲以懼紂改過為善師
還紂益長惡不悛微子與其父師箕子少師比干謀而
歸周箕子佯狂紂囚以為奴比干諫而死紂剖其心觀
之周之十三年武王遂師諸侯伐紂一月戊午師渡孟
津癸亥陳于商郊紂亦發兵距之牧野甲子昧爽紂兵

敗走登鹿臺衣其寶衣赴火而死武王入誅妲己釋箕子囚封比干墓表商容閭散鹿臺鉅橋之積而封紂子武庚禄父以續殷後及武王崩武庚與管蔡作亂成王命周公誅之而立微子於宋殷人盖禘嚳郊冥祖契宗湯報上甲微而世祀三宗自夏殷以来天子雜稱帝王至周去帝號獨稱王與夏殷為三王殷本子姓其後以國為氏有殷氏來氏宋氏空桐氏稚氏北殷氏目夷氏

蘇子曰商之有天下者三十世而周之世三十有七商

之既衰而復興者五王而周之既衰而復興者宣王一人而已葢商之多賢君宜若其世之過於周周之賢君不如商之多而其久於商者乃數百歲其故何也周公之治天下務以文章繁縟之禮和柔馴擾剛强之民故其道本於尊尊而親親貴老而慈幼使民之父子相愛兄弟相悦以無犯上難制之氣行其至柔之道以揉天下之戾心而去其剛毅果敢之志故其享天下至久而諸侯内侵京師不振卒於廢為至弱之國何者優柔和

易可以為久而不可以為強也若夫商人之所以爲天下者不可復見矣嘗試求之詩書詩之寬緩而和柔書之委曲而繁重者皆周也而商人之詩駿發而嚴厲其書簡潔而明肅以為商人之風俗蓋在乎此矣夫惟天下有剛強不屈之俗也故其後世有以自振於衰微然至其敗也一散而不可復止蓋物之強者易以折而柔忍者可以久存柔者可以久存而常困於不勝強者易以折而其末也可以有所立此商之所以不長而周之

所以不振也嗚呼聖人之為天下亦有所就而已不能使之無弊也使之能久而不能強能以自振而不能以及遠此二者存乎其後世之賢與不賢矣太公封於齊尊賢而上功周公曰後世必有篡弒之臣周公治魯親親而尊尊太公曰後世寖衰矣夫尊賢上功則近於強親親尊尊則近於弱終之齊有田氏之禍而魯人困於盟主之令蓋商之政近於齊而周公之所以治周者其所以治魯也故齊強而魯弱魯未亡而齊亡也書稱伊

尹去亳適夏既醜有夏復歸于亳葢伊尹耕於莘野既以處士從湯矣及其適夏非其私行也湯必與知之其君臣之心以為從湯伐桀以濟斯世不若使伊尹事桀以止其亂雖使夏不亡商不興無憾也及其不可復輔於是捨而歸毋其後文王事紂亦身為之三公至將囚而殺之然後弃之而西葢湯之於桀文王之於紂其不欲遽奪之者如此此其所以為湯文王而後世之所不及也

古史卷四

欽定四庫全書

古史卷五

周本紀

宋 蘇轍 撰

周后稷名棄帝嚳之子也母有邰氏之女曰姜原為帝嚳元妃禋祀上帝以求子見巨人迹忻然踐之身動如孕期而生子不坼不副疑而棄之隘巷牛羊過者皆辟不踐徙置之林中會伐林者取之復置之氷上飛鳥覆且翼之姜原以為神收而養長之因名曰棄幼而岐嶷

其游戲輙樹藝五穀所植無不美大及爲成人遂好耕農事其所稼穡若有相之者以此教民民咸法則之堯舉以爲后稷封之於邰佐禹治水播奏庶艱食鮮食蓋嘗得嘉種而徧種之周人以爲天所遺也故詩曰貽我来牟帝命率育后稷卒子不窋立夏后氏政衰弃稷不務不窋失其官自竄於戎狄之閒而居於豳不敢怠業不窋卒子鞠立鞠卒子公劉立公劉修后稷之業務農積穀用兵征伐斥大豳土始有朝廷邑里之制然猶處

於復穴無宫室之美公劉卒子慶節立慶節卒子皇僕
立皇僕卒子差弗立差弗卒子毀隃立毀隃卒子公非
立公非卒子高圉立高圉卒子亞圉立亞圉卒子公叔
祖類立公叔祖類卒子古公亶父立自公劉以来子孫
微弱至古公為狄人所攻事之以皮幣犬馬皆不得免
乃屬其耆老而告之曰狄人之所欲者吾土地也吾聞
之君子不以其所以養人者害人二三子何患無君去之
踰梁山邑於岐山之下豳人曰此仁人也扶老攜幼而

從之古公於是伐山刊木立宗廟冢土城郭宮室黜戎狄之俗周之王迹蓋始於此古公取姜女生三子長曰太伯次曰虞仲次曰季歷季歷取於摯曰太任生昌有聖德古公曰我世當有興者其在昌乎太伯虞仲知古公欲立季歷以次傳昌乃二人亡如荆楚以讓季歷古公卒季歷立是爲公季自后稷至季歷經夏商千餘歲而子孫相傳十四世而已使人人在位皆七十年然後及此此理之所無也蓋必有公脫遺者矣然今世無以考證姑從史記之舊而已季循古公遺業篤於行義諸侯順之公季卒子昌立是

為文王文王在母不憂處師弗煩事季不怒取於莘曰太姒比三世皆得賢妃文王刑于寡妻至于兄弟以御于家邦王化之盛始於室家敬老慈少禮下賢者日中不暇食伯夷叔齊太公望太顛閎夭南宮适散宜生鬻子辛甲之徒皆往歸之是時殷紂無道嘗以文王為三公崇侯虎譖之紂囚之羑里文王方幽囚憂患乃因古八卦為六十四為之卦辭爻辭謂之周易先儒或言文王始重易八卦為六十四今以書洪範考之盖伏犧始畫八卦其後禹得洛書九疇而其七曰乃命卜筮曰雨曰霽曰蒙曰

繹曰克曰貞曰悔是時卜筮貞悔已見於世則八卦之重久矣文王之世蓋因古人已重之卦而為之辭耳然明夷之辭稱文王箕子豈文王之後周公又成之與居羑里七年諸侯或從之囚紂以此懼閎天之徒又求美女奇物善馬獻之紂紂喜釋文王以為西伯得專征伐中國方亂西戎北狄更来侵暴天子以命文王文王使南仲伐而却之諸侯賴焉密須氏不共以兵侵周文王禦之敗其兵遂滅其國因徙居岐渭之閒大雅言克密之後即曰居岐之陽在渭之將是也遂伐崇侯軍三旬不服退修教而復伐之因壘而降始作豐邑自岐

涉渭東徙都焉周自是益大南服江漢三國三分天下有其二以事紂既而以兵戡黎黎近於殷殷人震焉虞芮之君相與爭田久而不平乃皆質之於周入其境耕者讓畔行者讓路入其邑男女異路班白不提挈入其朝士讓為大夫大夫讓為卿虞芮之君愧焉乃以其所爭為閒田而去諸侯聞之相帥而歸周者四十餘國東北既集（黎即黎陽虞芮在馮翊皆周之東北也）王業以成文王於是受命稱王追王古公為大王公季為王季文王享國五十年

益受命九年年九十有七而崩太姒之子十人長曰伯邑考次曰武王發文王舍伯邑考而立武王武王終三年之喪周之受命益十年矣武王大會諸侯于孟津觀政于商渡河中流白魚躍入王舟武王俯取以祭既渡有火自上復于下至于王屋流為烏是時諸侯不期而至者八百國諸侯皆欲伐紂武王猶庶幾紂恐懼遷善乃以諸侯退師還而紂不改昏亂益甚十三年武王復師諸侯伐紂一月戊午師渡孟津戎車三百兩虎賁三

百人癸亥陳于商郊甲子昧爽紂帥其旅若林會于牧野罔有敵于我師前徒倒戈攻其後以北紂師敗績紂自焚死武王立其子武庚祿父以奉殷後使復行殷之舊政釋箕子囚封比干墓式商容閭散鹿臺之財發鉅橋之粟大賚于四海而萬姓悅服四月自商還至于豐歸馬于華山之陽放牛于桃林之野示天下弗服天下雖安兵不可弭武王始誅紂而遂歸馬放牛何也商之亡也天下諸侯蓋有助為無道者矣紂既滅恐兵以次及之必有不安之心武王恐其自疑而沮兵以自救故為之歸馬放牛蓋以權示天下弗服而已丁未祀

于周廟庚戌柴望大告武成庚庚邦冢君曁百工受命于
周武王追思先聖乃封神農之後於焦封黄帝之後于
祝封帝堯之後於薊封帝舜之後於陳封夏禹之後於
杞於是大封功臣而師尚父為首封尚父於營邱曰齊
封弟周公旦於曲阜曰魯封召公奭於燕封弟叔鮮於
管封弟叔度於蔡餘各以次受封蓋兄弟之國十有五
人姬姓之國四十人列爵維五分土維三遷九鼎於洛
邑以示卜洛之意改正朔服色以建子為正月色尚赤

大事斂用日出戎事乘騵牲用騂中國既定遂通道于九夷八蠻西旅巢伯之屬皆至既克商二年武王有疾羣公懼將穆卜周公乃為壇告太王王季文王禮宗子在宅國庶子無爵而居者望墓為壇以祭周公所以為壇而告三王者蓋亦禮不得入廟也欲以身代武王王疾有瘳及武王崩太子誦立是為成王成王幼方亮陰周公為冢宰聽政事管叔蔡叔疑周公不利成王二叔方監殷遂與武庚及淮夷畔周周公以王命伐之居東二年誅武庚及管叔而放蔡叔封微子啓於宋以

代殷後成王既誅二叔有疑周公之意公乃為詩以貽王名之曰鴟鴞王亦未敢誚公秋大熟未穫天大雷電以風禾盡偃大木斯拔邦人大恐王與大夫發金縢之書得周公代武王之冊王執書以泣曰昔公勤勞王家而予弗知以致天怒今其以禮逆周公矣王出郊天乃雨反風禾盡起太公召公使邦人起大木而築之歲則大熟周公終相成王誕保文武受命凡七年以殷餘民封康叔於衛營洛邑以為東都成武王之意詔成王烝

祭於洛而歸政焉王命公子伯禽為公後留魯而公留相周周公乃遷殷頑民居之洛邑明年淮夷復叛成王東伐淮夷遂踐奄遷其君於蒲姑還歸在豐作周官六卿分職各帥其屬以倡九牧於是六服羣辟無不承德禮樂興而頌聲作文王之樂為象武王之樂為武象箾南籥文王之樂也而鄭康成以象為大武蓋失之矣周公沒成王命君陳分正東郊成周繼周公之事成王將崩命名公畢公率諸侯相太子釗王崩而釗立是為康王成康之際天下安寧刑措

四十餘年不用君陳既没康王復以成周之衆命畢公保釐東郊康王崩子昭王瑕立王道衰昭王南廵守不及崩於江上周人諱之昭王取于房曰房后生子滿是爲穆王穆王即位年五十矣慜文武之道鈌乃命君牙爲大司徒伯冏爲太僕正周以復寧其後將伐犬戎祭公謀父諫曰不可先王耀德不觀兵兵戢而時動動則威觀則玩玩則無震先王之制邦内甸服邦外侯服侯衛賓服蠻夷要服戎狄荒服甸服者祭侯服者祀賓服者

享要服者貢荒服者王日祭月祀時享歲貢終王先王
之訓也有不祭則修意有不祀則修言有不享則修文
有不貢則修名有不王則修德序成而不至則修刑令
自大畢伯士之終也犬戎氏以其職来王天子曰予必
以不享征之無乃廢先王之訓而王幾頓乎王弗聽征
之得四白狼四白鹿以歸自是荒服不至王猶欲肆其
心周行天下將皆必有車轍馬跡祭公復為祈招之詩
以止之其詩曰祈招之愔愔式昭德音思我王度式如

玉式如金形民之力而無醉飽之心祈招者周之司馬
也王是以獲没其身盖享國百年耄荒而命吕侯訓夏
贖刑作吕刑吕刑之法五辭簡孚正于五刑五刑不簡
正于五罰五罰不服正于五過五刑之疑有赦五罰之
疑有赦墨辟疑赦其罰百鍰劓辟疑赦其罰惟倍剕辟
疑赦其罰倍差宫辟疑赦其罰六百鍰大辟疑赦其罰
千鍰墨罰之屬千劓罰之屬千剕罰之屬五百宫罰之
屬三百大辟之罰其屬二百凡五刑之屬三千穆王立

五十五年而崩子共王繄扈立共王崩子懿王囏立王室始衰懿王崩共王弟辟方立是為孝王孝王崩諸侯復立懿王太子燮是為夷王王室益衰王亦有惡疾（王子朝告諸侯曰夷王愆于厥身諸侯莫不並走其望以祈王身是也）覲禮天子不下堂而見諸侯下堂而見諸侯自夷王始夷王崩子厲王胡立厲王說榮夷公大夫芮良夫諫曰王室其將卑乎夫榮夷公好利而不知大難夫利百物之所生也天地之所載也而有專之其害多矣天地百物皆將取焉何可專

也所怒甚多而不備大難以是教王其能久乎夫王人
者將導利而布之上下者也使神人百物無不得其極
猶日怵惕懼怨之來也故頌曰思文后稷克配彼天立
我烝民莫匪爾極大雅曰陳錫載周是不布利而懼難
乎故能載周以至于今今王學專利其可乎匹夫專利
猶謂之盜王而行之其歸鮮矣榮公若用周必敗王不
聽卒以榮公為卿士國人謗王召公告曰民不堪命矣
王怒得衛巫使監謗者以告則殺之國人莫敢言道路

以目王喜告召公曰吾能弭謗矣乃不敢言召公曰是
障之也防民之口甚於防川壅而潰傷人必多民亦如
之是故為川者決之使導為民者宣之使言故天子聽
政使公卿至於列士獻詩瞽獻典史獻書師箴瞍賦矇
誦百工諫庶人傳語近臣盡規親戚補察瞽史教誨耆
艾修之而後王斟酌焉是以事行而不悖民之有口猶
土之有山川也財用於是乎出猶其原隰之有衍沃也
衣食於是乎生口之宣言也善敗於是乎興行善而備

敗其所以阜財用衣食者也夫民慮之於心而宣之於口成而行之胡可壅也王不聽於是國莫敢出言三年乃流王於彘太子靜匿召公之家國人圍之召公曰昔吾驟諫王王不從是以及此今殺太子王其以我為懟而怒乎夫事君者險而不懟怨而不怒況事王乎乃以其子代太子厲王居彘諸侯無所適從共伯和者時之賢諸侯也諸侯皆往宗焉因以名其年謂之共和凡十四年 案汲冢紀年共伯和干王位故曰共和又左傳王子朝奔楚告于諸侯曰厲王戾虐萬民弗忍流王

于彘諸侯釋位以閒王政宣王有志而後效官推是言則厲宣之間諸侯有去其位而代王為政者矣莊子曰共伯得之於丘首則所謂共和者也厲王死於彘太子靜立是為宣王宣王即位遭旱恐懼修德勸分民忘其災任召虎申伯仲山甫尹吉甫皇父之徒内修政事安集流散習車馬考宮室畜牛馬外則懷来諸侯攘却戎狄周以復興旣而少懈不籍千畝虢文公諫不聽十二年魯武公来朝以其子括與戲見王王立戲仲山甫曰不可不順必犯犯王命必誅故出令不可不順也若魯從之諸侯効之王

命將有所壅若不從而誅之是自誅王命也王卒立之及魯侯卒魯人殺戲而立括三十三年乃伐魯而立孝公諸侯自是不睦三十九年伐羌戎氏戰于千畝王師敗績復喪南國之師乃料民於太原仲山甫曰民不可料也古者不料民而知其少多司民協孤終司商協民姓司徒協旅司寇協姦牧協職工協革場協入廪協出是則少多生死出入往來皆可知也於是乎又審之以事王治農于籍蒐于農隙耨穫亦於籍獮于既烝狩於

畢時是皆習民數者也又何料焉王不聽卒料之四十
一年宣王崩子幽王宫湦立幽王二年西周三川皆震
伯陽父曰周將亡矣天地之氣不失其序若失其序民
亂之也陽伏而不能出陰迫而不能烝於是有地震今
三川實震是陽失其所而鎮陰也陽失而在陰川源必
塞源塞國必亡夫水土演而民用也土無所演民失財
用不亡何待昔伊洛竭而夏亡河竭而商亡今周德若
二季其川源又塞塞必竭川竭山必崩山崩川竭亡之

徵也若國亡不過十年數之紀也是歲也三川竭岐山崩幽王娶于申生太子宜臼又得襃姒生子伯服愛襃姒將黜申后及宜臼而立之伯陽父曰周亡矣昔夏后氏之衰也有二龍止於夏廷卜殺之去之止之莫吉卜請其漦而藏之吉於是布幣而策告之龍亡而漦在櫝而去之比三代莫敢發厲王之末發而觀之漦流于庭化為玄黿以入王宮童妾既齓而遭之既笄而孕無夫而生子懼而弃之宣王之世童謠有之曰壓弧箕服實

亡周國有夫婦鬻是器者王使執之逃而遇所弃妖子聞其夜啼哀而收之遂亡於褒褒人有罪請入弃女子王以贖幽王見而愛之故伯陽父曰禍成矣無可奈何幽王以尹氏為太師皇父為卿士番為司徒家伯為宰仲允為膳夫棸子為內史蹶為趣馬楀為師氏皆讒慝貪暴淫辟之人而褒姒之黨也褒姒不好笑幽王欲其笑萬方故不笑幽王為逢燧大鼓有寇則舉逢諸侯悉至至而無寇褒姒乃大笑幽王悅之為數舉逢其後不

信諸侯益不至申侯以申后故與繒西夷犬戎攻幽王幽王舉烽火徵兵諸侯莫至遂殺幽王驪山下虜褒姒盡取周賂而去伯服自立謂之携王諸侯黜之迎太子宜臼於申而立之是為平王平王辟戎狄之暴東徙洛邑依晉文侯鄭武公以為固周自是失文武之舊諸侯強幷弱齊晉秦楚始大政由方伯天子反與諸侯比周之變風始作謂之王黍離云平王五十一年崩太子泄父蚤死立其子林是為桓王鄭桓公武公皆為平王卿

士王貳于虢鄭莊公怨王故周鄭交質王崩周人將畀
虢公政鄭祭足帥師取温之麥及成周之禾三年鄭伯
来朝王不為禮周桓公諫不聽鄭伯自是不朝四年王
使凡伯聘于魯戎私怨凡伯伐之于楚邱以歸十三年
王帥陳蔡之師伐鄭鄭人先敗陳蔡射王中肩二十三
年桓王崩子莊王佗立王弟克有寵于桓王桓王屬之
周公黑肩辛伯諫曰並后匹嫡兩政偶國亂之本也弗
聽莊王三年周公將弑王而立克辛伯告王王殺周公

克奔燕衛人不義其君朔逐之而立黔牟八年諸侯伐

衛以納朔九年王使子突救黔牟不克朔入于衛十五

年王崩子僖王胡齊立僖王三年齊桓公始霸五年王

崩自莊王僖王崩葬皆不赴於諸侯諸侯莫弔子惠王

閬立初莊王嬖妾姚生子頽有寵蔿國為之師惠王即

位取蔿國之圃以為囿邊伯之宮近於王宮王取之王

奪子禽祝跪詹父田而收膳夫之秩二年五大夫作亂

奉子頽以伐王不克出奔衛衛師燕師伐王立子頽三

年王出居鄭櫟子頽享五大夫樂及徧舞鄭伯謂虢公
曰哀樂失時殃咎必至奸王之位禍孰大焉今子頽歌
不勸是樂禍也曷納王乎虢公許之四年同伐王城殺
子頽逆王而復之鄭伯享王王賜之鞶鑑子之武公之
略自虎牢以東王巡虢守賜虢公爵與之酒泉鄭伯由
是怨王十年王使召伯廖命齊桓公為侯伯且使伐衛
討立子頽初王取于陳曰惠后生子帶有寵將廢太子
鄭而立帶二十二年齊桓公率諸侯會世子鄭于首止

以定其位王怒使周公名鄭伯教之叛齊從楚鄭伯逃歸不盟齊人伐之二十四年王崩鄭畏帶告于齊明年齊為之合諸侯于洮鄭立是為襄王四年叔帶台揚拒泉臯伊洛之戎同伐京師秦晉伐戎以救周五年叔帶奔齊齊侯使管仲平戎于周六年齊侯使仲孫湫言叔帶于王將歸之湫見王王不敢言曰王怒未怠不十年不名也以戎難故諸侯戍周十五年富辰言於王請召叔帶帶自齊歸于京師十七年鄭人伐滑王使伯服游孫

伯如鄭請滑鄭伯怨王之不予厲公爵又怨王之與滑
也遂執二子王怒將以狄伐鄭富辰諫曰鄭有平惠之
勲又有厲宣之親今不忍小忿而棄之不可王弗聽使
頹叔桃子出狄師狄伐鄭取櫟王德狄人將以狄女為
后富辰又諫曰臣聞報者倦矣施者未厭狄固貪惏王
又啓之女德無極婦怨無終狄必為患王又弗聽遂納
之叔帶通焉王絀狄后頹叔桃子曰我實使狄狄其怨
我遂奉叔帶以狄師伐王富辰曰昔吾驟諫王王弗聽

以及此我若不出王其以我為懟乎遂與周公忌父原
伯毛伯死之王適鄭處于氾叔帶以狄后居于温王使
告于晉晉文公新得國欲勤王以求諸侯十八年晉師
納王而誅叔帶王賜之南陽之田二十一年晉文公敗
楚師于城濮王往勞之踐土晉侯以楚俘献鄭伯傳王
王命尹氏及王子虎内史叔興策命晉侯為侯伯王子
虎及諸侯盟于王廷冬晉文公復會諸侯于温召王以
諸侯見孔子曰以臣召君不可以訓故書曰天王狩于

河陽衛成公殺其弟叔武其大夫元咺訟之於晉晉人執衛侯歸之京師請殺之王曰不可夫君臣無獄元咺雖直不可聽也君臣皆獄父子將獄是無上下也晉人乃歸衛侯三十四年襄王崩子頃王壬臣立頃王六年崩周公閱與王孫蘇爭政王崩不赴于諸侯子匡王班立六年崩弟定王瑜立定王元年楚子伐陸渾之戎觀兵于周郊王使王孫滿勞之楚子問鼎之大小輕重對曰在德不在鼎十四年宣榭火十七年晉使瑕嘉平戎

于王劉康公徼戎將伐之叔服曰背盟而欺大國此必
敗不聽遂伐茅戎敗績于徐吾氏孔子書曰王師敗績
于茅戎不諱敗言自敗也定王二十一年崩子簡王夷
立十四年簡王崩子靈王泄心立王生而有髭周人以
為神故以為謚二十三年穀洛鬬將毀王宫王將壅之
以飾宫太子晉諫曰古者不墮山不崇藪不防川不竇
澤夫天地成而聚於高歸物於下疏為川谷以導其氣
陂塘汙庳以鍾其美是故聚不阤崩而物有所歸氣不

沉滯而亦不散越民生有財用而死有所葬故能上下相固以待不虞昔共工棄此道也壅防百川墮高堙庳以害天下皇天弗福庶民弗助共工用滅及有崇伯鯀播其淫心稱遂共工之過堯用殛之羽山其後伯禹念前之非高高下下疏川導滯鍾水豐物皇天嘉之祚以天下今吾執政無乃實有所辟而滑夫二川之神使至於爭以妨王宫王而飾之無乃不可乎王弗聽二十七年靈王崩子景王貴立二年儋括欲立王弟佞夫佞夫

弗知尹言多劉毅單蔑甘過鞏成殺佞夫儋括奔晉十
八年太子壽卒二十一年王將鑄大錢單穆公曰不可
古者天災降戾於是乎量資幣權輕重以拯救民民患
輕則為作重幣以行之於是乎有母權子而行民皆得
焉若不堪重則多作輕而行之亦不廢重於是乎有子
權母而行小大利之今王廢輕而作重民失其資能無
匱乎王弗聽二十三年王將鑄無射而為之大林單穆
公又諫曰夫鍾不過以動聲若無射有林耳弗及也夫

鐘聲以為耳也耳所弗及非鐘聲也先王之制鐘也大不出鈞重不過石今鐘無益於樂而鮮民財將焉用之夫樂不過以聽耳而美不過以觀目若聽樂而震觀美而眩患莫甚焉王又不聽遂遇心疾太子壽之卒也王立子猛又嬖子朝與賓孟謀欲立之叔子猛之傅下門子單子劉子不順二十五年王將去單劉而立子朝不及而崩子猛立子朝作亂劉子單子以王猛居于皇晉籍談荀躒帥師助之入于王城子猛卒謚曰悼王周人

立其弟匄是為敬王敬王元年王出居狄泉尹氏立子朝四年王告急于晉晉荀躒趙鞅帥師納王子朝奔楚五年晉人帥諸侯以戍周十年王殺尹氏固名伯盈原伯魯之子皆子朝之黨也萇弘與劉文公謀城成周王使告于晉晉魏舒合諸侯之大夫于狄泉以令城事十一年正月始城三旬而畢十五年吳入楚王人因楚亂殺子朝十六年㓨儋以子朝之徒因鄭人以作亂晉閼没戍周王出居姑蕕十七年劉子單子敗尹氏王入于

王城二十八年晉人逐范氏討范氏之黨殺萇弘三十九年齊田恒弒其君簡公凡諸侯之事它國皆不書此所以書者自田氏簒齊三家分晉遂為戰國變之大者也它放此四十九年敬王崩子元王仁立元王七年崩子貞王介立史記作定王世本作貞王皇甫謐作貞定王司馬貞索隱以為周家不應有兩定王況世數非遠然皇甫謐彌縫二書之錯而謂之貞定王未為得也當以貞王為正今從之貞王十六年三晉滅知伯分有其地二十八年貞王崩長子去疾立是為哀王哀王立三月弟叔襲殺哀王而自立是為思王思王立五月少弟嵬攻殺思王而自立是

為考王考王十五年崩子威烈王午立考王封其弟于河南是為桓公以續周公之官桓公卒子威公代立威公卒子惠公代立乃封其少子於鞏以奉王號東周惠公威烈王二十三年九鼎震命韓魏趙為諸侯二十四年崩子安王驕立二十六年崩子烈王喜立烈王二年周太史儋見秦獻公曰始周與秦國合而别别五百歲復合十七歲而伯王者出焉秦之先君始為周西垂大夫所謂合也襄公七年始列為諸侯所謂别也自襄公七年至昭王五十一年滅周凡五百一十六年所謂復合也自昭王五十一

年至始皇九年誅嫪毒始親國政正十七年也十年烈王崩弟顯王扁立顯王五年賀秦獻公獻公稱伯九年致文武胙於秦孝公二十五年秦會諸侯於周二十六年致伯於秦孝公二十七年秦會諸侯逢澤帥以朝王三十三年賀秦惠王三十五年致文武胙於秦惠王四十四年秦惠王稱王時諸侯皆為王四十八年顯王崩子慎靚王定立慎靚王六年崩子赧王延立時東西周分治王赧徙都西周八年秦攻宜陽楚救之楚以周為秦將伐之蘇代為周說

楚王曰言周之為秦甚於楚者欲令周入秦也周知其不可解必入於秦此為秦取周之精者也為王計者周於秦因善之不於秦亦言善之以疏之於秦周絶於秦必入於郢矣秦借道兩周之間將以伐韓周恐借之畏於韓不借畏於秦史厭謂周君曰何不令人謂韓公叔曰秦之敢絶周而伐韓者信周也公何不與周地發質使於楚秦必疑楚不信周是韓不伐也又謂秦曰韓强與周地將以疑周於秦也周不敢不受秦必無辭而令

周不受是受地於韓而聽於秦也秦名西周君西周君
惡往令人謂韓王曰秦名西周君將使攻王之南陽也
王何不出兵南陽周君將以為詞於秦周君不入秦秦
必不敢踰河而攻南陽矣東周與西周戰韓救西周或
為東周說韓王曰西周故天子之國多名器重寶王案
兵毋出可以德東周而西周之寶器必可以盡矣韓徵
甲與粟於東周東周君恐召蘇代而告之代曰君何患
於是臣能使韓無徵甲與粟於周又能為君得高都周

君曰子苟能請以國聽子代見韓相國曰楚圍雍氏期三月也今五月不能拔是楚病也今相國乃徵甲與粟於周是告楚病也韓相國曰善遣使止之代曰何不與周高都韓相國大怒曰吾毋徵甲與粟於周亦已多矣何故與周高都代曰與周高都是周折而入於韓也秦聞之大怒不通周使是以弊高都得完周也曷為不與相國曰善果與周高都秦興師臨周以求九鼎周君患之以告顔率顔率曰大王勿憂請東借兵於齊顔率至

齊謂齊王曰夫秦為無道也欲興兵臨周而求九鼎周
之君臣內自畫計與秦不若歸之大國夫存危國美名
也得九鼎厚實也願大王圖之齊王大說發兵五萬人
使田臣思將以救周而秦兵罷齊求九鼎周君又患之
顏率曰大王勿憂臣願東解之顏率至齊謂王曰周賴
大國之義得君臣父子相保也願獻九鼎不識大國何
塗之從而致之齊齊王曰寡人將寄徑於梁顏率曰不
可梁之君臣欲九鼎謀之暉臺之下少海之上其日久

矣鼎入梁必不出齊王曰寡人將寄徑於楚對曰不可楚之君臣欲得九鼎謀之於葉庭之中其日久矣若入楚必不出王曰寡人將何塗之從而致之齊顔率曰弊邑固竊為大王患之昔周之伐殷得九鼎凡一鼎而九萬人輓也九九八十一萬人今大王縱有其人何塗之從而出臣竊為大王私憂之齊王曰子之數來者猶無與耳顔率曰不敢欺大國速定所從出弊邑遷鼎以待命齊王乃止二十二年秦攻魏將師武戰國策作犀武於伊闕

進兵而攻周或爲周謂李兑曰君不如禁秦之攻周趙之上計莫如令秦魏復戰令秦攻周而得之則衆必多傷矣秦欲待周之得必不攻魏秦若攻周而不得前有勝魏之勞後有攻周之敗又必不攻魏今君禁之而秦未與魏講也而趙令其止必不敢不聽是君却秦而定周也秦去周必復攻魏魏不能支必因君而講則君重矣若魏不講而疾支之是君存周而戰秦魏也重亦盡在趙三十四年蘇厲謂周君曰秦破韓魏仆師武北取

趙藺離石者皆白起也是善用兵又有天命今又將兵出塞攻梁梁破則周危矣君何不令人說白起乎楚有養由基者去柳葉百步而射之百發而百中之左右觀者數千人皆曰善射有一夫立其旁曰善可教射矣養由基釋弓搤劍曰客安能教我射乎客曰我非能教子支左詘右也夫去柳葉百步而射之百發而百中不以善息少焉氣衰力勌弓撥矢鉤一發不中百發盡息今破韓魏仆師武北取趙藺離石者公之功多矣今又將

兵出塞背韓攻梁一舉不得前功盡棄公不如稱病而無出四十五年周君之秦秦攻周周最謂秦王曰攻周實不足以利而聲畏天下天下以聲畏秦必東合於齊兵敝於周而合天下於齊則秦不王矣五十九年秦取韓陽城負黍西周恐背秦與諸侯約從將天下銳師出伊闕攻秦令秦毋得通陽城秦昭王怒使將軍摎攻西周西周君犇秦頓首受罪盡獻其邑三十六口三萬秦受其獻歸其君於周周君王赧卒周民遂東亡秦取九

鼎寶器而遷西周君於𨶑狐後七歲秦莊襄王滅東西周周既不祀漢興武帝封太山東廵守至河南求周苗裔得其後嘉封之三十里號曰周子南君比列侯以奉其先祀

蘇子曰傳曰夏之政尚忠商之政尚質周之政尚文而仲尼亦云周監於二代郁郁乎文哉吾從周余讀詩書歷觀唐虞至於夏商以為自生民以来天下未嘗一日而不趨於文也文之為言猶曰萬物各得其理云爾父

子君臣之閒兄弟夫婦之際此文之所由起也昔者生民之初父子無義君臣無禮兄弟不相愛夫婦不相保天下紛然而淆亂忿鬬而相苦文理不著而人倫不明生不相養而死不相葬天下之人舉皆戚然不寧於中然後反而求其所安屬其父子而列其君臣聯其兄弟而正其夫婦至於虞夏之世乃益去其鄙野之制然猶以天子之尊飯土塯啜土鉶土堦三尺茅茨而不翦至於周而後大備其粗始於父子之際其精布於萬物其

用甚廣而無窮蓋其當時莫不自謂文於前世而後之人乃更以為質也是故祭祀之禮陳其籩豆列其鼎俎備其醪醴俯伏以薦思其飲食醉飽之樂而不可見也於是灌用鬱鬯藉用白茅既沃而莫之見以為神之縮之也體魄降於地寬氣升於天怳忽誕漫而不知其所由處聲音氣臭之類恐不能得當也於是終祭於屋漏繹祭於祊以為人子之心無所不至也薦之以滋味重之以膾炙恐鬼神之不屑也薦之以血毛重之以體薦

恐父祖之不吾安也於是先黍稷而飯稻粱先大羹而飽庶羞以為不敢忘禮亦不敢忘愛也丁寧反復以為可以盡人子之心而人子之心亦可以安矣故凡世之所謂文者皆所以安夫人之所不安而人之所安者事之所當然也仲尼區區於衰周之末收先王之遺文而與曾子推論禮之所難處至於毫釐纖悉盖以為王道之盛其文理當極於此焉耳及周之亡天下大壞強凌弱衆暴寡而後世乃以為用文之弊夫自唐虞以至於

商漸而入於文至周而文極於天下當唐虞夏商之世
盖將求周之文而其勢有所未至非有所謂質與忠也
自周而下天下習於文非文則無以安天下之所不足
此其勢然也今夫冠昏喪祭而不爲之禮墓祭而不廟
室祭而無所仁人君子有所不安於其中而曰不文以
從唐虞夏商之質夫唐虞夏商之質盖將求周之文而
未至非所以爲法也

古史卷五

欽定四庫全書

古史卷六

宋 蘇轍 撰

秦本紀第六

秦之先帝顓頊之裔孫曰女脩女脩織玄鳥隕卵女脩吞之生子大業大業取少典氏之子曰女華女華生大費佐禹平水土帝錫禹玄圭禹受曰非予能成亦大費為輔帝曰咨爾費贊禹功其錫爾皁游司馬貞曰游音旒謂皁色旌旆之旒爾後嗣將大出乃妻之姚姓之玉女大費拜受佐也

舜調馴鳥獸是為栢翳賜姓嬴氏大費生二子一曰大廉實鳥俗氏二曰若木實費氏若木玄孫費昌去夏歸商為湯御以敗桀於鳴條子孫或在中國或在夷狄大廉玄孫曰孟戲中衍鳥身人言帝太戊聞而卜之使御吉遂以為御而妻之中衍之後世以有功故嬴姓多顯遂為諸侯其玄孫曰中潏在商戎保西垂生蜚廉蜚廉生惡来惡來多力蜚廉善走父子俱以材力事紂周武王之伐紂并殺惡来是時蜚廉為紂石棺北方還無所

報死遂葬於霍太山蜚廉復有子曰季勝其後有造父

幸於周穆王封於趙城趙衰其後也惡来有子曰女防

女防生旁皋旁皋生大几大几生大駱大駱生非子以

造父之寵皆蒙趙城姓趙氏非子居犬丘好馬及畜善

養息之犬丘人言之周孝王孝王召使主馬汧渭之間

馬大蕃息欲以為大駱適嗣申侯之女為大駱妻生子

成申侯言於孝王曰昔我先酈山之女為戎胥軒妻生

子中潏以親故歸周保西垂西垂以其故和睦今我復

子大駱妻生適子成申駱重婚西戎皆服所以為王王其圖之孝王曰昔栢翳為舜主畜畜多息故有土賜姓嬴今其後世亦為朕息馬朕其分土為附庸邑之秦使復續嬴氏祀號曰秦嬴亦不廢申女之子為駱適者以和西戎秦嬴生秦侯秦侯立十年卒子公伯立公伯三年卒子秦仲立秦仲三年周厲王無道諸侯多叛之西戎為亂滅犬丘大駱之族秦仲好賢賢者歸之始有車馬侍御禮樂之好秦人所為賦車鄰也周宣王即位以

秦仲為大夫誅西戎秦仲立二十三年為西戎所殺有子五人長曰莊公宣王乃召莊公昆弟與兵七千人使伐西戎破之立以為秦仲後并與其先大駱地犬丘為西垂大夫莊公居犬邱生三子長曰世父世父曰戎殺我大父我非殺戎王則不敢入邑遂將擊戎讓其弟為太子是為襄公莊公立四十四年卒子襄公立襄公元年以女弟繆嬴為豐王妻二年戎圍世父犬丘虜之歲餘復歸世父七年周幽王以褒姒故廢太子宜臼而立

伯服數欺諸侯諸侯叛之西戎犬戎與申侯攻幽王殺之驪山下襄公將兵救周戰甚力有功周以戎難故東徙雒邑襄公以兵送周平王平王封襄公為諸侯賜之岐以西之地襄公於是始國乃用騮駒黄牛羝羊各一祠白帝西畤十二年伐戎至岐卒子文公立文公元年居西垂官三年以兵七百人東獵四年至汧渭之會曰昔周邑我先秦嬴於此後卒獲為諸侯乃卜居之吉即營邑之十年文公夢黄虵自天下屬地其口止於鄜衍

以問史敦敦曰此上帝之徵君其祠之遂作鄜畤用三
牲祭白帝十三年初有史以紀事民多化者十六年伐
戎戎敗走遂收周餘民有之地至岐岐以東獻之周十
九年得陳寶二十年初設三族之刑二十七年伐南山
大梓豐大特四十八年太子卒賜謚竫公以其子為太
子五十年文公卒葬西山竫公子立是為寧公寧公二
年徙居平陽遣兵伐蕩社三年與亳戰亳王奔戎遂滅
蕩社八年侵芮芮敗我芮伯先出在魏遂與周師圍魏

執芮伯萬以歸將納之十二年伐蕩氏取之寧公生十
年立立十二年卒葬西山生子三人魯姬生太子武公
及德公庶子出子寧公卒大庶長弗忌威壘三父廢太
子而立出子出子生五歲矣二年納芮伯萬於芮六年
三父等殺出子而立故太子武公武公元年伐彭戲氏
至華山下居平陽封宮三年討出子之亂誅三父等夷
三族十年伐邽冀戎初縣之十一年初縣杜鄭滅小虢
十九年齊桓公始伯二十年武公卒葬雍平陽初以人

從死死者六十六人有一子曰白不立封之平陽立弟
德公德公元年初居雍城大鄭宮以三百牢祠鄜時卜
居雍後子孫飲馬於河梁伯芮伯来朝二年初伏磔狗
邑四門以禦蠱德公生三十三歲而立二年卒生子三
人長子宣公中子成公少子穆公宣公立四年作密時
與青帝與晉戰河陽勝之十二年宣公卒子九人莫立
立其弟成公成公元年梁伯芮伯来朝成公立四年卒
子七人莫立立其弟穆公穆公任好元年自將伐茅津

勝之四年取於晉晉獻公之女而太子申生之姊也五年晉獻公滅虞執虞公與其大夫百里奚以媵穆姬百里奚亡秦走宛楚鄙人執之穆公聞其賢欲重贖之恐楚人不予乃以五羖羊皮贖之百里奚已七十餘矣穆公釋其囚與語國事謝曰亡國之臣何足以言政穆公曰虞君不用子故亡非子罪也固問語三日穆公大說授之國政號曰五羖大夫百里奚讓曰臣不及臣友蹇叔蹇叔賢而世莫知臣嘗游困於齊乞食銍人蹇叔收

臣臣因欲事齊君無知蹇叔止臣臣得脱齊難遂之周王子頹好牛臣以養牛干之頹欲用臣蹇叔止臣臣復去得不誅臣事虞君蹇叔亦止臣臣知虞君不用臣而私利禄爵且留再用其言得脱一不用及虞君難以是知其賢於是穆公使人厚幣迎蹇叔以為上大夫晉獻公既殺太子申生六年晉公子重耳奔狄夷吾奔梁梁近秦欲因穆姬以求入九年晉獻公卒驪姬子奚齊為後晉大夫里克殺之荀息立卓子克又殺之夷吾重賂

秦以求入穆公許之以兵會齊師納夷吾於晉十年晉
侯殺里克背内外之賂使丕鄭来聘且謝緩賂丕鄭里
克之黨也言於穆公曰呂甥郤稱冀芮實為不從若重
問以召之臣出晉君君納重耳蔑不濟矣穆公使泠至
報問且召三子冀芮疑之遂殺丕鄭鄭子豹奔秦謂穆
公曰晉侯背大主而忌小怨民弗與也伐之必出穆公
曰失衆安能殺違罪誰能出君不許十三年晉饑乞糴
於秦穆公問於公孫枝枝曰重施而報君將何求重施

而不報其民必攜攜而討焉無衆必敗問於百里奚百里奚曰天災流行國家代有救災䘏鄰道也行道有福丕豹請伐之穆公曰其君是惡其民何罪乃輸粟於晉自雍及絳謂之汎舟之役十四年秦饑乞糴於晉晉人弗予十五年伐晉戰於韓原晉戎馬還濘而止穆公從之晉韓簡輅穆公將止之晉大夫慶鄭屢諫晉侯晉侯不聽慶鄭怒乃以救晉侯誤韓簡遂失穆公秦反獲晉侯以歸初穆公亡善馬岐下野人得而食之者三百人

吏將法之公曰豈以畜産害人乎飲之酒而赦之及戰三百人者皆從以死救公故克穆姬聞晉侯將至以太子罃弘與女簡璧登臺而履薪使以免服衰絰逆且告曰若晉君朝以入則婢子夕以死夕以入則朝以死穆公與大夫謀舍諸靈臺晉呂甥來盟改館晉侯饋之七牢十一月歸晉侯而征河東十七年晉太子圉來質歸河東而以女妻之梁伯好土功既城而弗處命曰新里秦人取之梁人相驚曰秦將襲我乃溝公宫民懼而潰

秦遂取梁二十二年晉太子圉亡歸二十三年晉惠公
卒太子圉立晉公子重耳自楚入秦穆公納女五人圉
之妻與焉二十四年以兵納重耳於晉晉師軍於廬柳
穆公使公子縶諭之乃退重耳入於晉殺子圉於高梁
秋周襄王弟帶以狄伐王王出居鄭二十五年王使来
告難穆公以兵助晉文公入襄王殺王弟帶二十八年
使小子慭以兵從晉文公敗楚於城濮三十年秦晉圍
鄭鄭使燭之武言於穆公曰君何用亡鄭以陪鄰鄰之

厚君之薄也穆公説與鄭人盟使杞子逢孫揚孫戍鄭而歸晉師亦歸三十二年晉文公卒杞子自鄭來告曰鄭人使我掌其北門潛師而來鄭可得也穆公訪諸蹇叔蹇叔曰勞師以襲遠非所聞也師知所為鄭必知之公辭焉召孟明西乞白乙使出師蹇叔哭之曰孟子吾見師之出不見其入也公曰爾何知爾墓之木拱矣蹇叔之子與師哭而送之曰晉人禦師必於殽必死是間吾收爾骨焉秦師過周北門左右免冑而下超乘者三

百乘王孫滿觀之曰秦師輕而無禮必敗及滑鄭商人弦高以乘韋先牛十二以君命犒師且使遽告於鄭鄭人使皇武子辭焉孟明曰鄭有備矣滅滑而還滑晉之邊邑也晉先軫言於襄公發兵及姜戎敗秦師於殽獲其三帥文嬴請於晉侯而歸之穆公素服郊次鄉師而哭曰孤違蹇叔以辱二三子孤之罪也乃作秦誓曰番番良士旅力既愆我尚有之仡仡勇夫射御不違我尚不欲惟截截善諞言俾君子易詞我皇多有之昧昧我

思之蓋悔不用蹇叔也於是復任孟明以政三十五年孟明復伐晉敗於彭衙歸而穆公用之不替孟明增修國政重施於民晉趙衰言於諸大夫曰秦師又至必將辟之懼而增德不可當也戎使由余於秦由余晉人亡入戎聞穆公賢故來觀之穆公示以宮室積聚由余曰使鬼為之則勞神矣使人為之亦苦民矣穆公怪之問曰中國以詩書禮樂法度為政然尚時亂今戎夷無此何以為治由余笑曰此乃中國所以亂也自上古皇帝作

為禮樂法度身以先之僅乃小治及其後世阻法度之
威以督責於下下罷極則以仁義怨望於上上下交爭
至於篡弑滅宗皆以此類也夫戎狄不然上含淳德以
遇其下下懷忠信以事其上一國之政猶一身之治此
真聖人之治也穆公退而問内史廖曰鄰國有聖人敵
國之憂也今由余賢寡人患之廖曰戎君處辟匿未聞
中國之聲也君試遺女樂以奪其志留由余莫遣以失
其期戎君怪之必疑君臣有間乃可虜也穆公曰善因

與由余曲席而坐傳器而食問其地形兵勢盡察且令廖以女樂二八遺戎君戎君受而說之於是秦乃歸由余由余數諫不聽穆公因使人間要之由余遂去降秦穆公以客禮禮之問伐戎之形三十六年穆公復伐晉濟河焚舟取王官及郊晉人不出遂自茅津濟封殽尸而還三十七年穆公以由余計伐戎益國十二開地千里遂伯西戎是歲楚穆王滅江穆公為之降服出次不舉過數大夫諫公曰同盟滅雖不能救敢不矜乎吾自

懼也三十九年穆公卒葬雍從死者百七十七人子車氏之三子奄息仲行鍼虎皆在秦之良也秦人哀之為賦黄鳥之詩穆公子四十人太子罃代立是為康公晉襄公之弟雍在秦襄公卒太子少趙盾使先蔑士會逆雍於秦將立之康公元年以兵送雍至令狐趙盾畏逼更立太子而背秦反擊秦師秦師敗先蔑士會来奔二年伐晉取武城四年晉伐我取少梁我伐晉取北徵六年使西乞術聘魯始通東諸侯冬伐晉取羈馬晉趙盾

師師從我於河曲其將臾駢曰秦不能久請深壘固軍以待之從之秦人欲戰問於士會士會知駢之謀曰趙有側室曰穿好勇而狂若以輕者肆焉其可秦軍掩晉上軍穿果追之趙盾不得已乃皆出戰交綏秦師夜遁臾駢請追之穿又不可乃止晉人患我之用士會也七年使魏壽餘僞叛以誘士會康公為之出兵秦兵在河西魏人在河東使士會與魏人言魏人得士會譟而歸康公立十二年卒子共公稻立元年晉人將求成使趙

穿侵崇曰秦急崇必救之可以求成秦不許二年伐晉

圍焦四年共公卒子桓公立四年晉人白狄伐我二十

三年與白狄伐晉二十五年秦晉為成會於令狐晉厲

公先至桓公不肯涉河使史顆盟晉侯於河東晉使郤

犨盟桓公于河西歸而背之召狄與楚欲道以伐晉二

十七年晉侯以諸侯之師伐我我師敗績晉師濟涇至

侯麗而還二十八年桓公卒子景公立景公五年晉悼

公立晉復伯十三年景公使士雃乞師於楚將以伐晉

楚令尹子囊畏晉不敢楚共王強為我出師秦師侵晉
晉饑不能報十五年晉悼公伐鄭楚子囊乞師以救鄭
鄭畏晉卒從晉盟秦庶長鮑庶長武伐晉敗晉師於櫟
十六年庶長無地會楚子囊伐宋秦龕歸於楚十八年
晉荀偃及諸侯之大夫伐我濟涇至於棫林荀偃欲戰
其將欒黶不順以下軍先歸晉師遂歸黶之弟鍼與士
鞅馳秦師死之黶怒欲殺鞅鞅来奔二十八年秦晉為
成使伯車如晉涖盟晉使韓起来盟三十年公弟鍼如

晉修成以兵會楚侵吳及鄭鍼有寵於桓公有車千乘三十六年鍼懼選出奔晉景公立四十年卒子哀公立鍼歸自晉十四年楚平王為太子建取於秦至國費無極勸王取之使令尹子瑕來拜夫人三十年吳王闔閭伐楚入郢楚昭王亡奔隨其大夫申包胥來告急立於庭下而哭七日不絕聲勺飲不入口哀公哀之使子蒲子虎帥車五百乘以救楚大敗吳師吳師歸楚昭王復入郢哀公立三十六年卒太子㽵死謚為夷公立其子

是為惠公惠公立十年卒子悼公立十四年卒子厲共公立厲共公二年蜀人来賂十六年塹河旁（一作河旁）以兵二萬伐大荔取其王城二十一年初縣頻陽晉取武城二十四年晉亂殺知伯分其地與韓魏趙二十五年智開與邑人来奔三十三年伐義渠虜其王厲共公立三十四年卒子躁公立二年南鄭反十三年義渠伐我至渭南十四年躁公卒立其弟懷公懷公四年庶長鼂與大臣圍懷公懷公自殺懷公太子曰昭子蚤死大臣立

昭子之子是為靈公靈公四年晉城少梁秦擊之十年
城藉姑靈公卒子獻公不得立立靈公季父悼子是為
簡公簡公昭子之弟而懷公子也簡公六年令吏初帶
劒塹洛城重泉十五年卒子惠公立惠公十一年子出
子生十三年伐蜀取南鄭惠公卒出子立出子二年庶
長改迎靈公之子獻公于河西而立之殺出子及其母
沉之淵秦自懷公以来數易君君臣乖亂晉奪秦河西
地獻公元年止從死二年城櫟陽四年正月庚寅子孝

公生十六年桃冬花十八年雨金櫟陽二十一年與晉戰於石門斬首六萬天子賀以黼黻二十三年與魏晉戰少梁虜其將公孫痤二十四年獻公卒孝公立生二十一年矣是時河山以東強國六與齊威楚宣魏惠燕悼韓哀趙成侯並淮泗之間小國十餘楚魏與齊接界魏築長城自鄭濱洛以北有上郡楚自漢中南有巴黔中周室微諸侯力爭相併秦辟在雍州不與中國諸侯會盟夷翟遇之孝公於是布惠振孤寡招戰士明功賞

元年下令國中曰昔我穆公自岐雍之間修德行武東平晉亂以河為界西伯戎翟廣地千里天子致伯諸侯畢賀為後世開業甚美會往者厲躁簡公出子之不寧國家内亂未遑外事三晉攻奪我先君河西地諸侯卑秦醜莫大焉獻公即位鎮撫邊境徙治櫟陽且欲東伐復穆公之故地脩穆公之政令寡人思念先君之意常痛於心賓客羣臣有能出奇計強秦者吾且尊官與之分土於是出兵東圍陝城西斬戎獂王衛鞅聞是令下

西入秦因景監見二年天子致胙三年衛鞅説孝公變
法脩刑内務耕稼外勵戰死之賞罰孝公善之甘龍杜
摯等相與爭之卒用鞅法百姓苦之居三年百姓便之
乃拜鞅為左庶長七年與魏惠王會杜平八年與魏戰
元里有功十年衛鞅為大良造將兵圍魏安邑十二年
作為咸陽築冀闕徙都之并諸小鄉聚集為大縣縣一
令凡四十一縣為田開阡陌東地度洛十四年初為賦
十九年天子致伯二十年諸侯畢賀使公子少官師師

會諸侯逢澤朝天子二十二年衛鞅擊魏虜魏公子卬封鞅為列侯號商君二十四年與晉戰岸門（史記本紀作鴈門年表作岸門秦與韓魏戰非鴈門也）虜其將魏錯孝公卒子惠文君立誅衛鞅鞅之初為秦施法法不行太子犯禁鞅曰法之不行自於貴戚君必欲行法先於太子太子不可黥黥其師傅於是法大用秦人治及孝公卒太子立宗室多怨鞅鞅亡因以為反卒車裂以徇元年楚韓趙蜀人來朝二年天子賀三年王冠四年天子致文武胙齊魏為王

蘇秦自燕入趙説諸侯約從以拒秦五年以陰晉人公孫衍為大良造東説齊魏與共攻趙以敗從約史記秦本紀及六國世家皆不言蘇秦約從事秦本紀止言犀首為大良造趙世家止言決河水灌齊魏然皆不言其故今採蘇秦傳載之秦趙事中以為此大事不可不錄也　六年魏納陰晉陰晉更名寧秦七年公子卬與魏戰虜其將龍賈斬首八萬八年魏納河西地九年渡河取汾陰皮氏與魏王會應圍焦降之楚魏戰於陘山魏許秦以工洛以絶秦於楚魏敗楚於南陽秦責賂於魏魏不與管淺謂秦王曰何不謂楚

王曰魏許寡人以地今戰勝而背之王何不與寡人魏畏秦楚之合必與秦地矣是魏勝楚而亡地於秦也是王以魏地德寡人也魏若不出地則王攻其南寡人絶其西魏必危秦王曰善以是告楚楚王揚言與秦遇十年魏納上郡十五縣張儀相秦十一年縣義渠歸魏焦曲沃義渠君為臣更名少梁曰夏陽十二年初臘十三年韓君為王使張儀伐取陝出其人與魏十四年君始稱王更為元年二年張儀與齊楚大臣會齧桑三年韓

魏太子来朝張儀相魏五年王游至北河七年樂池相秦韓魏趙燕齊楚帥匈奴共攻秦秦使庶長疾與戰脩魚虜其將申差敗趙公子渴韓太子奐斬首八萬二千八年張儀復相秦九年司馬錯伐蜀滅之伐取趙中都西陽十年韓太子蒼来質伐取韓石章伐敗趙將泥伐取義渠二十五城十一年樗里疾攻魏焦降之敗韓岸門斬首萬走其將犀首公子通封於蜀陳莊為蜀相陳莊相蜀據張儀傳及華陽國志云十二年王與梁王會臨晉庶長疾攻趙

虜趙將莊張儀相楚十三年庶長章擊楚於丹陽虜其將屈匄斬首八萬又攻楚漢中取六百里置漢中郡楚圍雍氏秦使庶長疾助韓攻楚到滿助魏攻燕十四年伐楚取趙陵丹犂蜀相莊殺蜀侯来降（所殺必公子通也案後蜀侯名惲知通已死）惠王卒子武王立韓魏齊楚趙皆賓從武王元年與魏哀王會臨晉誅蜀相莊張儀魏章皆東出之魏伐義渠丹犂二年初置丞相樗里疾甘茂為左右丞相張儀死於魏三年與韓襄王會臨晉外南公揭卒樗里

疾相韓武王謂甘茂曰寡人欲容車通三川窺周室死不恨矣茂於是請攻宜陽秋使甘茂庶長封伐宜陽四年拔宜陽斬首六萬涉河城武遂魏太子來朝武王有力好戲力士任鄙烏獲孟說皆至大官王與孟說舉鼎絶臏八月武王卒族孟說武王取魏女為后無子立異母弟稷是為昭襄王（昭襄王名見趙世家）昭襄母楚人姓芈氏號宣太后武王之卒也昭襄王為質於燕燕人送歸得立

昭襄王元年嚴君疾為相甘茂出之魏二年彗星見庶

長壯與大臣諸公子為逆皆誅死惠文后亦不得其死案穰侯傳武王母號惠文后先武王死然則惠文后昭王之嫡母也秦借猛暴雖殺嫡母亦不足怪然與穰侯傳異出悼武王后歸之於魏三年王冠與楚王會黃棘與楚上庸四年取蒲坂慧星見五年魏王来朝應亭復與魏蒲坂六年蜀侯煇反史記不記煇之封蜀披華陽國志煇為蜀侯祭而歸胙后母疾之加毒以進王王怒誅之蓋非反也未知孰信司馬錯定蜀庶長奐伐楚斬首二萬涇陽君質於齊日食晝晦七年拔新城樗里疾卒八年使將軍芊戎攻楚取新市楚懷王来朝因留之九

年齊孟嘗君薛文来相秦與攻楚取八城殺其將景快
十年楚懷王亡走趙趙不受復入秦薛文免樓緩為丞
相十一年齊韓魏共攻秦軍於函谷求出楚懷王秦王
謂樓緩曰三國之兵深矣寡人欲割河東而講對曰割
河東大費也免於國患大利也此父兄之任也王何不
召公子池而問焉王召公子池而問之對曰講亦悔不
講亦悔王曰何也對曰王割河東而講三國雖王必曰
惜矣三國且去吾特以三城從之此講之悔也王不講

三國入函谷咸陽必危王又曰惜矣吾愛三城而不講此又不講之悔也王曰鈞吾悔也寧亡三城而悔無危咸陽而悔也寡人決講矣卒使公子池與魏封陵與韓武遂以和史記於此言齊韓魏趙宋中山共攻秦至鹽氏而還秦與韓魏河北及封陵以和是年魏哀王二十三年韓襄王十六年齊湣王二十八年也宋孟嘗君傳湣王二十五年孟嘗君相秦是年秦留楚懷王明年孟嘗君得脫歸相齊而怨秦約韓魏共攻秦求出楚懷王湣王二十八年三國攻秦至函谷求出懷王而不得而史記於此言攻秦者六國又於齊韓魏世家年表魏哀王二十一年韓襄王十四年齊湣王二十六年皆言三國攻秦是時孟嘗君初自秦逃歸則未有糾合三國同起兵者而韓襄二十六年年表復言與魏齊

擊秦秦與我武遂以和三年之間三國不應再擊秦且戰國策亦止言三國今以秦本紀之年及孟嘗君傳事為定并改定三國世家慧星見楚懷王死於秦歸葬十二年樓緩免魏冉為相子楚粟五萬石十三年向壽伐韓取武始左更白起攻新城五大夫禮亡奔魏任鄙為漢中守十四年白起攻韓魏於伊闕斬首二十四萬虜公孫喜拔五城十五年大良造白起攻魏取垣復予之攻楚取宛十六年左更錯取軹及鄧魏冉免相封公子市宛公子悝鄧魏冉陶為諸侯十七年東周君來朝以垣易蒲坂

皮氏王之宜陽十八年錯攻垣河雍決橋取之十九年
王為西帝齊為東帝已復去之呂禮来自歸齊滅宋任
鄙卒王之漢中又之上郡北河二十一年錯攻魏河内
魏献安邑秦出其人募徙河東賜爵赦罪人遷之涇陽
君封宛二十二年蒙武伐齊取河東為九縣與楚王會
宛與趙王會中陽二十三年尉斯離與三晉燕伐齊破
之濟西齊湣王走莒王與魏王會宜陽與韓王會新城
二十四年與楚王會鄢又會穰秦取魏安城至大梁燕

趙救之秦兵去二十五年拔趙二城與韓王會新城與魏王會新明邑二十六年穰侯冉復相二十七年錯攻楚赦罪人遷之南陽白起攻趙取代光狼城又使司馬錯發隴西因蜀攻楚黔中拔之二十八年白起攻楚取鄢鄧赦罪人遷之二十九年白起攻楚取郢為南郡楚王走周王來王與楚王會襄陵白起為武安君三十年蜀守若伐取巫郡及江南為黔中郡三十一年白起伐魏取兩城楚人反我江南三十二年相穰侯攻魏至大

梁破暴鳶斬首四萬鳶走魏入三縣請和三十三年客
卿胡傷攻魏卷蔡陽長社取之三十四年白起擊芒卯
華陽破之斬首十五萬魏入南陽以和秦與魏韓上庸
地為一郡南陽免臣遷居之三十五年佐韓魏楚伐燕
初置南陽郡三十六年客卿竈攻齊取剛壽與穰侯魏
人范雎入秦上書見王言穰侯越韓魏而攻齊剛壽不
便於國王拜范雎為客卿三十八年中更胡傷攻趙閼
與不能取四十年悼太子死魏歸葬芷陽四十一年夏

攻魏取邢丘懷范睢復言於王曰太后穰侯用事高陵
君華陽君華陽一作葉陽涇陽君佐之自有秩以上至諸大吏
及王左右無非相國人者恐萬世後有秦國者非王之
子孫也王恐廢太后逐穰侯高陵華陽涇陽君於關外
而拜范睢為丞相封應侯四十二年安國君為太子十
月宣太后甍葬芷陽酈山九月穰侯出之陶昭王謂左
右曰今時韓魏與始孰強對曰不如始強王曰今時如
耳魏齊與孟嘗芒卯孰賢對曰不如王曰以孟嘗芒卯

之賢率強韓魏以攻秦猶無柰寡人何也今以無能之如耳魏齊而率弱韓魏以伐秦其無柰寡人何亦明矣左右皆曰然中旗對曰（中一作申）王之料天下過矣當晉六卿之時知氏最強滅范中行又率韓魏之兵以圍趙襄子於晉陽決晉水以灌晉陽之城不湛者三板知伯行水魏桓子御韓康子參乘知伯曰吾始不知水之可以亡人之國也乃今知之汾水可以灌安邑絳水可以灌平陽魏桓子肘韓康子韓康子履魏桓子肘足接於車

上而知氏地分身死國亡為天下笑今秦兵雖強不能過知氏韓魏雖弱尚賢其在晉陽之下也此方其用肘足之時也願王之必勿易也昭王聞之而懼四十三年白起攻韓拔九城斬首五萬四十四年攻韓南陽取之四十五年五大夫賁攻韓取十城華陽君悝出之國未至而死四十七年秦攻韓上黨上黨降趙趙發兵擊秦相距秦使白起擊大破趙於長平四十餘萬盡殺之四十八年十月韓獻垣雍秦軍分為三軍白起歸王齕将

伐趙武安皮牢拔之司馬梗北定太原盡有韓上黨正月兵罷復守上黨十月五大夫陵攻趙邯鄲四十九年正月益發卒佐陵陵戰不善免王齕代將十月將軍張唐攻魏為蔡尉捐弗守還斬之五十年武安君白起得罪為士伍遷陰密張唐攻鄭拔之十二月益發卒軍汾城旁白起未至陰密賜死齕攻邯鄲不拔去奔汾軍二月餘攻晉軍斬首六千晉軍走流死河二萬人汾軍從唐拔寧新中寧新中更名安陽初作河橋五十一年將軍

摎攻韓取陽城負黍斬首四萬攻趙取二十餘縣首虜
九萬西周君背秦與諸侯約從將天下鋭兵出伊闕攻
秦令秦毋得通陽城於是秦使將軍摎攻西周西周君
自歸於秦頓首受罪盡獻其邑三十六口三萬秦王受
之歸其君於周五十二年周民東亡其器九鼎入秦周
初亡五十三年天下来賓魏後至秦使摎伐魏取吴城
韓王入朝魏委國聽令五十四年王郊見上帝於雍五
十六年秋昭襄王卒子孝文王立尊唐八子為唐太后

而合其葬於先王韓王衰絰入弔祠諸侯皆使其將相來弔祠視喪事孝文王元年十月己亥即位赦罪人修先王功臣褒厚親戚弛苑囿三日辛丑卒子莊襄王楚立（莊襄王本名異人養母華陽太后楚人也故更名楚）大赦罪人修先王功臣施德厚骨肉布惠於民東周君與諸侯謀秦使相國呂不韋誅之盡入其國封其君陽人以奉其祭祀使蒙驁伐韓韓獻成皐鞏秦界至大梁初置三川郡元年使蒙驁攻趙定太原二年蒙驁攻魏高都汲拔之攻趙榆次新

城狼孟取三十七城四月日食三年王齕攻上黨初置太原郡魏將無忌帥五國兵擊秦秦卻於河外蒙驁敗解而去五月丙午莊襄王卒史記秦紀多以先王之末年為後王之元年今皆以年表為定子政立是為秦始皇帝秦王政二十六年初并天下為三十六郡號始皇帝立五十一年而崩子胡亥立是為二世皇帝三年諸侯並起畔秦趙高殺二世立子嬰子嬰立月餘諸侯誅之遂滅秦秦本嬴姓其後以國為姓有徐氏郯氏莒氏終黎氏運奄氏菟裘氏將梁氏

黄氏江氏脩魚氏白冥氏飛廉氏秦氏然秦以造父封趙城為趙氏

蘇子曰三代聖人以道御天下動容貌出詞氣逡廵廟堂之上而諸侯承德四夷向風何其盛哉至其後世稍衰桓文迭興而維持之要之以盟會齊之以征伐既已卑矣然春秋之後吴越放恣繼之以田常三晉之亂天下遂為戰國君臣之間非詐不言非力不用相與為盜跖之行猶恐不勝雖桓文之事且不試矣而況於文武

成康之舊歟秦起於西垂與戎翟雜居本以強兵富國
為上其先襄公最賢詩人稱之然其所以為國者亦猶
是耳詩曰蒹葭蒼蒼白露為霜所謂伊人在水一方夫
蒹葭之方盛也蒼蒼其強勁而不適於用至於白露凝
戾為霜然後堅成可施於人今夫襄公以耕戰自力而
不知以禮義終成之豈不蒼然盛哉然而君子以為未
成故其後世狃於為利而不知義至於商君厲之以法
風俗日惡鄙詐猛暴甚於六國卒以此勝天下秦之君

臣以為非是無足以服人矣當是時諸侯大者連地數千里帶甲數十萬雖使齊桓晉文假仁義挾天子以令之其勢將不能行惟得至誠之君子自修而不爭如商周之先君庶幾可以服之孟子游於齊梁以此干其君皆不能信以為詐謀奇計之所不能下長戟勁弩之所不能克區區之仁義何足以致此然魏文侯當時之弱國也君王后齊之一婦人也魏文侯行仁義禮下賢者用卜子夏田子方段干木而秦人不敢加兵君王后用

齊四十餘年事秦謹與諸侯信而齊亦未嘗受兵而況於力行仁義中心惨怛終身不懈而有不能勝者哉夫衣冠佩玉可以化強暴深居簡出可以却猛獸定心寡欲可以懷鬼神孟子曰仁不可為衆誠因秦之地用秦之民按兵自守修德以来天下彼将襁負其子而至而誰與共守惜乎其明不足以知之竭力以勝敵敵勝之後二世而亡其數有以取之矣

古史卷六

欽定四庫全書

古史卷七　　　　　　宋　蘇轍　撰

秦始皇本紀第七

秦始皇帝者秦莊襄王子也莊襄王爲秦質子於趙見呂不韋姬悦而取之生始皇以昭王四十八年正月旦生於邯鄲因名政年十三莊襄王卒政代立爲秦王是時秦地已并巴蜀漢中越宛有郢置南郡矣北收上郡以東有河東太原上黨郡東至滎陽滅二周置三川郡

呂不韋為相封十萬户號文信侯招致賔客游士欲以并天下李斯為舍人蒙驁王齮麃公等為將軍王年少初即位委國事大臣晉陽反元年將軍蒙驁擊定之韓遣水工鄭國來間作鄭國渠欲以弊秦不暇外事二年麃公將攻卷斬首三萬三年蒙驁攻韓收十三城王齮死十月蒙驁收魏暘有詭歲大饑四年拔暘有詭秦質子歸自趙趙太子出歸國十月庚寅蝗從東方來蔽天天下疫百姓納粟千石拜爵一級五年蒙驁攻魏定酸

棗燕虛長平雍邱山陽皆拔之取二十城初置東郡冬
雷六年韓魏趙衛楚共擊秦取壽陵秦兵出五國兵罷
拔衛以益東郡其君角率其枝屬徙居野王阻其山以
保魏之河內七年彗星先出東方見北方五月見西方
蒙驁死收龍孤慶都還兵攻汲彗星復見西方十六日
夏太后卒八年王弟長安君成蟜將兵擊趙反死屯留
軍吏皆斬卒死者戮其尸遷其民於臨洮河魚大上民
東就食魚嫪毐封長信侯予之山陽地令毐居之宮室

車馬衣服苑囿馳獵恣毐事無大小皆決於毐又以河西太原郡為毐國九年彗星見或竟天攻魏垣蒲陽四月王在雍己酉王冠帶劒長信侯毐作亂而覺矯王御璽及太后璽以發縣卒及衛卒官騎戎翟君公舍人欲攻蘄年宮王知之令相國昌平君昌文君發卒攻毐戰咸陽斬首數百皆拜爵宦者在戰中亦拜爵一級毐等敗走即令國中有生得毐賜錢百萬殺之五十萬盡得毐等衛尉竭内史肆佐弋竭中大夫令齊等二十人皆

梟首車裂以徇滅其宗及其舍人輕者為鬼薪及奪爵遷蜀四千餘家家房陵四月寒凍有死者楊端和攻衍氏彗星見西方又見北方從斗以南八十日十年相國呂不韋坐嫪毐免遷太后雍桓齮為將軍齊趙來置酒羣臣以太后事諫王相繼死者二十七人齊人茅焦說王曰秦方以天下為事而大王有遷母太后之名恐諸侯聞之由此背秦王乃自迎太后於雍入咸陽復居甘泉宮大索逐客李斯上書說乃止斯因說王請先取韓

以恐它國於是使斯下韓韓王患之與韓非謀弱秦大
梁人尉繚来說王曰以秦之強諸侯譬如郡縣之君臣
但恐諸侯合從翕而出不意此乃知伯夫差湣王之所
以亡也願大王無愛財物賂其豪臣以亂其謀不過亡
三十萬金則諸侯可盡王用其計見繚亢禮衣服飲食
與繚同繚曰秦王為人蜂準長目摯鳥膺豺聲少恩而
虎狼心居約易出人下得志亦輕食人我布衣然見我
常身自下我誠使秦王得志於天下天下皆為虜矣不

可與久游乃亡去秦王覺固止之以為國尉卒用其計策十一年呂不韋出之河南王翦桓齮楊端和攻鄴取九城王翦攻閼與轑陽皆并為一軍翦將十八日軍歸斗食以下什推二人從軍取鄴安陽桓齮將十二年呂不韋死竊葬其舍人臨者晉人也逐出之秦人奪爵遷自今以来操國事不道如嫪毐不韋者籍其門視此秋復嫪毐舍人遷蜀者天下大旱六月至八月乃雨十三年桓齮攻趙平陽殺趙將扈輒斬首十萬王之河南正月

彗星見東方十月桓齮攻趙十四年攻趙軍於平陽取
宜安破之殺其將軍桓齮定平陽武城韓使非来使王
用李斯計留非非死雲陽韓王請為臣十五年大興兵
一軍至鄴一軍至太原取狼孟地動十六年九月發卒
受韓南陽地初令男子書年魏獻地於秦置麗邑十七
年内史騰攻韓得王安盡納其地為頴川郡地動華陽
太后卒民大饑十八年大興兵攻趙王翦將上地下井
陘端和將河内羌瘣伐趙端和圍邯鄲城十九年王翦

羌瘣盡取趙地得趙王引兵欲攻燕屯中山王之邯鄲諸嘗與王母家有仇怨皆阬之王歸自趙王母太后卒趙公子嘉率其宗數百人之代自立為代王東與燕合兵軍上谷大饑二十年燕太子丹患秦兵至國恐使荆軻來刺王王覺之體解軻以徇而使王翦辛勝攻燕燕代發兵擊秦軍秦軍破燕易水之西二十一年益發卒詣王翦遂破燕太子丹軍取燕薊城得太子丹之首燕王東收遼東而王之李信蒙恬攻荆王翦謝病老歸新

鄭反昌平君徙於郢大雨雪深二尺五寸二十二年王賁攻魏引河溝灌大梁大梁城壞梁王請降盡取其地李信蒙恬大破荆軍荆人隨之三日三夜不頓舍大破李信軍二十三年秦王復召王翦強起之使將擊荆取陳以南至平輿虜荆王秦王游至郢陳荆將項燕立昌平君為荆王以江南距秦二十四年王翦蒙武破荆軍昌平君死項燕自殺二十五年大興兵使王賁攻燕遼東得燕王喜還攻代虜代王嘉王翦遂定荆江南地降

越君置會稽郡五月天下大酺二十六年齊王建與其相后勝發兵守其西界不通秦使王賁從燕南攻齊得齊王建秦初并天下令丞相御史曰異日韓王納地效璽請為藩臣已而背約與趙魏合從畔秦故興兵誅之虜其王寡人以為善庶幾息兵革趙王使其相李牧來約盟故歸其質子已而倍盟反我太原故興兵誅之得其王趙公子嘉乃自立為代王故舉兵擊滅之魏王始約服入秦已而與韓趙謀襲秦秦兵吏誅遂破之荆王獻

青陽以西而畔約擊我南郡故發兵誅得其王遂定荆地燕王昏亂其太子丹乃陰令荆軻為賊兵吏誅滅其國齊王用后勝計絶秦使欲為亂兵吏誅虜其王平齊地寡人以眇眇之身興兵誅暴亂賴宗廟之靈六王咸服其辜天下大定今名號不更無以稱成功傳後世其議帝號丞相綰御史大夫劫廷尉斯等皆曰昔者五帝地方千里其外侯服夷服諸侯或朝或否天子不能制今陛下興義兵誅殘賊平定天下海内為郡縣法令由

一統自上古以来未嘗有五帝所不及臣等謹與博士議曰古有天皇有地皇有泰皇泰皇最貴臣等昧死上尊號王為泰皇命為制令為詔天子自稱曰朕王曰去泰著皇采上古帝位號號曰皇帝它如議制曰可追尊莊襄王為太上皇制曰朕聞太古有號無謚中古有號死而以行為謚如此則子議父臣議君也甚無謂朕弗取焉自今以来除謚法朕為始皇帝後世以計數二世三世至于萬世傳之無窮始皇推終始五德之傳以為

周得火德秦代周德從所不勝方今水德之始建正朝
會皆以十月朔衣服旌旄節旗皆上黑數以六為紀符
法冠皆六寸輿六尺六尺為步乘六馬更名河曰德水
以為水德之治剛毅戾深事皆決於法刻削毋仁恩和
義然後合五德之數於是急法久者不赦丞相綰等言
諸侯初破燕齊荊地遠不為置王毋以填之請立諸子
唯上幸許始皇下其議於羣臣羣臣皆以為便廷尉李
斯議曰周文武所封子弟同姓甚衆然後屬踈遠相攻

擊如仇讐諸侯更相誅伐周天子不能禁止今海内賴
陛下神靈一統皆為郡縣諸子功臣以公賦稅重賞賜
之甚足易制天下無異意則安寧之術也置諸侯不便
始皇曰天下共苦戰闘不休以有侯王賴宗廟天下初
定又復立國是樹兵也而求其寧息豈不難哉廷尉議
是分天下以為三十六郡郡置守尉監更名民曰黔首
大酺收天下兵聚之咸陽銷以為鐘鐻金人十二重各
千石置宫廷中一法度衡石丈尺車同制書同文字地

東至海暨朝鮮西至臨洮羌中南至北嚮户北據河為塞並陰山至遼東徙天下豪富於咸陽十二萬户諸廟及章臺上林皆在渭南秦每破諸侯放其宫室作之咸陽北坂上南臨渭自雍門以東至涇渭殿屋複道周閣相屬所得諸侯美人鐘鼓以充入之二十七年始皇廵隴西北地出雞頭山過回中作信宫渭南已而更名極廟象天極築甬道自咸陽屬之驪山賜民爵一級治天下馳道二十八年始皇東行郡縣上鄒嶧山立石刻頌

秦德與魯諸儒生議封禪事遂登封太山下遇暴風雨
休於樹下因封其樹為五大夫禪梁父刻所立石其詞
曰皇帝臨位作制明法臣下修飭二十有六年初并天
下罔不賓服親巡遠方黎民登兹太山周覽東極從臣
思迹本原事業祗誦功德治道運行諸產得宜皆有法
式大業休明垂于後世順承勿革皇帝躬聖既平天下
不懈於治夙興夜寐建設長利專隆教誨訓經宣達遠
近畢理咸承聖志貴賤分明男女禮順慎遵職事昭融

內外靡不清淨施于後嗣化及無窮遵奉遺詔永承重戒於是並勃海以東過黃腄窮成山登之罘立石頌秦德而去南登琅邪大樂之留三月乃徙黔首三萬户琅邪臺下復十二歲作琅邪臺立石刻頌秦德明得意曰維二十六年皇帝作始端平法度萬物之紀以明人事合同父子聖知仁義顯白首理東撫東上以省卒士事已大畢乃臨于海皇帝之功勤勞本事上農除末黔首是富普天之下摶心揖志器械一量同書文字日月所

照舟輿所載皆終其命莫不得意應時動事是維皇帝
匡飭異俗陵水經地憂恤黔首朝夕不懈除疑定法咸
知所辟方伯分職諸治經易舉措必當莫不如畫皇帝
之明臨察四方尊卑貴賤不踰次行姦邪不容皆務貞
良細大盡力莫敢怠荒遠邇辟隱專務肅莊端直敦忠
事業有常皇帝之德存定四極誅亂除害興利致福節
事以時諸產繁殖黔首安寧不用兵革六親相保終無
寇賊驩欣奉教盡如法式六合之內皇帝之土西涉流

沙南盡北户東有東海北過大夏人迹所至無不臣者功蓋五帝澤及牛馬莫不受德各安其宇維秦王兼有天下立名為皇帝乃撫東土至於琅邪列侯武成侯王離列侯通武侯王賁倫侯建成侯趙亥倫侯昌武侯成倫侯武信侯馮毋擇丞相隗林顔之推云隋開皇中得古稱權有銘云始皇時量器丞相隗狀王綰二人列名今云隗林恐誤丞相王綰卿李斯卿王戊五大夫趙嬰五大夫楊樛從與議於海上曰古之帝者地不過千里諸侯各守其封域或朝或否相侵暴亂殘伐不

止猶刻金石以自為紀古之五帝三王知教不同法度不明假威鬼神以欺遠方實不稱名故不久長其身未沒諸侯背叛法令不行今皇帝并一海内以為郡縣天下和平昭明宗廟體道行德尊號大成羣臣相與頌皇帝功德刻於金石以為表經既已齊人徐市等言海中有三神山名曰蓬萊方丈瀛州僊人居之請得齋戒與童男女求之於是遣徐市發童男女數千人入海求僊人始皇還過彭城齋戒禱祀欲出周鼎泗水使千人沒

水求之弗得乃西南渡淮水之衡山南郡浮江至湘山
祠逢大風幾不得渡始皇問博士湘君何神博士對曰
聞之堯女舜之妻而葬此始皇大怒使刑徒三千人伐
湘山樹赭其山自南郡由武關歸二十九年始皇東游
至陽武博狼沙中為盜所驚求弗得乃令天下大索十
日登之罘刻石其辭曰維二十九年時在中春陽和方
起皇帝東游巡登之罘臨照於海從臣嘉觀原念休烈
追誦本始大聖作治建定法度顯著綱紀外教諸侯光

施文惠明以義理六國回辟貪戾無厭虐殺不已皇帝

哀衆遂發討師奮揚武德義誅信行威燀旁達莫不賔

服烹滅強暴振救黔首周定四極普施明法經緯天下

永為儀則大矣哉宇縣之中承順聖意羣臣誦功請刻

于石表垂于常式其東觀曰維二十九年皇帝春游覽

省遠方逮于海隅遂登之罘昭臨朝陽觀望廣麗從臣

咸念原道至明聖法初興清理疆内外誅暴強武威旁

暢振動四極禽滅六王闡并天下菑害絶息永偃戎兵

皇帝明德經理宇内視聽不怠作立大義昭設備器咸有章旗職臣遵分各知所行事無嫌疑黔首改化遠邇同度臨古絶尤常職既定後嗣循業長承聖治羣臣嘉德祗誦聖烈請刻之罘遂之琅邪道上黨入三十年三十一年十二月更名臘曰嘉平賜黔首里六石米二羊始皇為微行咸陽與武士四人俱夜出逢盜蘭池見窘武士擊殺盜關中大索二十日米石千六百三十二年始皇之碣石使燕人盧生求羨門刻碣石門其辭曰遂

興師旅誅戮無道為逆滅息武殄暴逆文復無罪庶心
咸服惠論功勞賞及牛馬恩肥土域皇帝奮威德并諸
侯初一泰平墮壞城郭决通川防夷去險岨地勢既定
黎庶無繇天下咸撫男樂其疇女修其業事各有敘惠
被諸産久並来田莫不安所羣臣誦烈請刻此石垂著
儀矩因使韓終侯公石生求仙人不死之藥廵北邉從
上郡入盧生使入海還言鬼神事因奏録圖書曰亡秦
者胡也始皇乃使蒙恬發兵三十萬人北擊胡略取河

南地三十三年發諸嘗逋亡人贅壻賈人略取陸梁地為桂林象郡南海以適遣戍西北斥逐匈奴自榆中並河以東屬之陰山為三十四縣城河上為塞又使蒙恬渡河取高闕陶山北假中築亭障以逐戎人徙謫實初縣禁不得祠明星出西方三十四年適治獄吏不直者築長城及南越地始皇置酒咸陽宮博士七十人前為壽僕射周青臣進頌曰他時秦地不過千里賴陛下神靈明聖平定海内放逐蠻夷日月所照莫不賓服以諸

侯為郡縣人人自安樂無戰爭之患傳之萬世自上古
不及陛下威德始皇悅博士齊人淳于越進曰臣聞殷
周之王千餘歲封子弟功臣自為枝輔今陛下有海內
而子弟為匹夫卒有田常六卿之臣無輔拂何以相救
哉事不師古而能長久者非所聞也周青臣又面諛以
重陛下之過非忠臣始皇下其議丞相李斯曰五帝不
相復三代不相襲各以治非其相反時變異也今陛下
創大業建萬世之功固非愚儒所知且越乃言三代事

何足法也異時諸侯並爭厚招游學今天下已定法令出一百姓當家則力農工士則學習法令辟禁今諸生不師今而學古以非當世惑亂黔首丞相臣斯昧死言古者天下散亂莫之能一是以諸侯並作語皆道古以害今飾虛言以亂實人善其所私學以非上之所建立今皇帝并有天下別白黑而定一尊私學乃相與非法教人聞令下則各以其學議之入則心非出則巷議夸主以為名異取以為高率羣下以造謗如此弗禁則主

勢降乎上黨與成乎下禁之便臣請史官非秦記皆燒之非博士官所職天下敢有藏詩書百家語者悉詣守尉雜燒之有敢偶語詩書棄市以古非今者族吏見知不舉者與同罪令下三十日不燒黥為城旦所不去者醫藥卜筮種樹之書有欲學法令以吏為師制曰可三十五年除道道九原抵雲陽塹山堙谷直通之於是始皇以為咸陽人多而先王之宫廷小吾聞周文王都豐武王都鎬豐鎬之間帝王之都也乃營作朝宫渭南上

林苑中先作殿阿房東西五百步南北五十丈上可以
坐萬人下可以建五丈旗周馳為閣道自殿下直抵南
山表南山之巔以為復道自阿房渡渭屬之咸陽以象
天極閣道絶漢抵營室也阿房宫未成成欲更擇令名
名之作宫阿房故天下謂之阿房宫隱宫徒刑者七十
餘萬人分作阿房宫或作麗山發北山石下蜀荆之材
皆至關中計宫三百關外四百餘立石東海上朐界中
以為秦東門徙三萬家麗邑五萬家雲陽皆復不事十

歲盧生說始皇曰臣等求芝奇藥仙者常弗遇類物有
害之者人主宜時為微行以辟惡鬼惡鬼辟真人至人
主所居而人臣知之則害於神真人者入水不濡入火
不熱陵雲氣與天地長久今上治天下未能恬淡願上
所居宮毋令人知之然後不死之藥殆可得也於是始
皇曰吾慕真人自謂真人不稱朕令咸陽旁二百里內
宮觀二百七十復道角道相連帷帳鐘鼓美人不移而
具行所幸有言其處者罪死嘗幸梁山宮從山上見丞

相車馬衆弗善也中人或言丞相丞相後損車騎始皇怒曰此中人泄吾語案問莫服詔捕時在側者皆殺之自是莫知行之所在凡聽事及羣臣受決事悉於咸陽宫盧生侯生相與謀曰始皇為人天性剛戾自用起諸侯并天下意得欲從以為自古莫及已專任獄吏獄吏得親幸博士雖七十人特備員弗用丞相諸大臣皆受成事倚辦於上上樂以刑殺為威天下畏罪持禄莫敢盡忠上不聞過而日驕下懾伏謾欺以取容秦法不得

兼方不驗輙死然候星氣者至三百人皆良士畏忌諱
諛不敢盡言其過天下事無大小皆決於上上至以衡
石量書日夜有程不中程不息貪於權勢至如此未可
為求仙藥於是亡去始皇聞之大怒曰吾前收天下書
不中用者去之悉召文學士欲以興太平方士欲練以
求奇藥今聞韓衆去不報徐市等費以巨萬計終不得
藥徒姦利相告日聞盧生等吾尊賜之甚厚今乃誹謗
我以重吾不德諸生在咸陽者吾使人廉問或為妖言

以亂黔首於是使御史悉按問諸生諸生傳相告引乃自除犯禁者四百六十餘人皆坑之咸陽使天下知之以懲後益發謫徙邊長子扶蘇諫曰天下初定遠方黔首未集諸生皆誦法孔子今重法繩之恐天下不安始皇怒使扶蘇北監蒙恬於上郡三十六年熒惑守心星隕東郡至地爲石或刻其上曰始皇帝死而地分始皇聞之遣御史逐問莫服盡取石旁居人誅之而燔銷其石始皇不樂使博士爲仙真人詩及行所游令樂人歌

弦之秋使者從關東夜過華陰平舒道有人持璧遮使
者曰為吾遺滈池君因言曰今年祖龍死使者問其故
忽不見置其璧去使者奉璧具以聞始皇默然良久曰
山鬼固不過知一歲事也退言曰祖龍者人之先也使
御府視璧乃二十八年行渡江所沉璧也始皇卜之卦
得游徙吉遷河北楡中三萬家拜爵一級三十七年十
月癸丑始皇出游左丞相斯從右丞相去疾守少子胡
亥愛慕請從許之十一月行至雲夢望祀虞帝於九疑

浮江以觀藉柯渡海渚過丹陽至錢唐臨浙江水波惡
乃西百二十里從狹中渡上會稽祭大禹望於南海而
立石刻頌秦德其文曰皇帝休烈平一宇内德惠脩長
三十有七年親廵天下周覽逺方遂登會稽宣省習俗
黔首齋莊羣臣誦功本原事迹追道髙明秦聖臨國始
定刑名顯烈舊章初平法式審别職任以立恒常六王
專倍貪戾慠猛率衆自强暴虐恣行負力而驕數動甲
兵隂通間使以事合從行為辟方内飾詐謀外来侵邉

遂起禍殃義威誅之殄息暴悖亂賊滅亡聖德廣密六合之中被澤無疆皇帝并宇兼聽萬事遠近畢清運理羣物考驗事實各載其名貴賤並通善否陳前靡有隱情飾省宣義有子而嫁倍死不貞防隔内外禁止淫泆男女絜誠夫為寄豭殺之無罪男秉義程妻為逃嫁子不得母咸化廉清大治濯俗天下承風蒙被休經皆遵度軌和安敦勉莫不順令黔首修絜人樂同則嘉保太平後敬奉法常治無極輿舟不傾從臣誦烈請刻此石

光垂休銘還過吳從江乘渡並海上北至琅邪方士徐
市等入海求神藥數歲不得費多恐譴乃詐曰蓬萊藥
可得然常為大鮫魚所苦故不得至願請善射與俱見
則以連弩射之始皇夢與海神戰如人狀問占夢博士
曰水神不可見以大魚鮫龍為候今上禱祀備謹而有
此惡神當除去而善神可致乃令入海者齎捕巨魚具
而自以連弩候大魚出射之自琅邪北至榮成山弗見
至之罘見巨魚射殺一魚遂並海西自平原津而病始

皇惡言病羣臣莫敢言死事上病益甚乃為璽書賜公
子扶蘇曰與喪會咸陽而葬書已封在中車府令趙高
行符璽事所未授使者七月丙寅始皇崩於沙丘平臺
丞相斯為帝崩在外恐諸公子及天下有變乃祕不發
喪棺載轀輬車中故幸宦者參乘所至上食百官奏事
如故宦者輒從車中可其奏事獨子胡亥趙高及所幸
宦者五六人知之趙高故嘗教胡亥書及獄律令事胡
亥私幸之高乃與公子胡亥及丞相斯隂謀破去始皇

所封書賜公子扶蘇者而更詐為丞相斯受始皇遺詔沙丘立子胡亥為太子更為書賜公子扶蘇蒙恬數以罪賜死行從井陘抵九原會暑輼車臭乃詔從官車載一石鮑魚以亂之行從直道至咸陽發喪太子胡亥襲位為二世皇帝九月葬始皇酈山始皇初即位穿治酈山及并天下天下送徒七十餘萬人穿三泉下銅而致椁宮觀百官奇器珎怪藏滿其中令匠作機弩矢有所穿近輒射之以水銀為百川河海機相貫輸上具天文下具

地理以人魚膏為燭度不滅者久之二世曰先帝後宮非有子者出焉不宜皆令從死死者甚衆葬既下或言匠為機臧恐後泄大事皆閉之外羨中無復出者樹草木以象山二世皇帝元年二十一年趙高為郎中令任用事二世下詔增始皇寢廟犧牲及山川百祀之禮令羣臣議尊始皇廟羣臣皆頓首言曰古者天子七廟諸侯五大夫三今始皇為極廟四海之内咸獻貢職增犧牲禮咸備無以加先王廟或在雍或在咸陽天子當獨

奉酌祠始皇廟自襄公以下軼毁所置凡七廟羣臣以
禮進祠尊始皇為帝者祖廟皇帝復自稱朕二世與趙
高謀曰朕年少初即位黔首未附先帝廵行海内以示
強威服海内今晏然不廵行即見弱毋以臣畜天下春
二世東行郡縣李斯從到碣石並海南至會稽盡刻始
皇所立刻石旁著大臣從者名以章先帝成功盛德焉
遂至遼東而還於是二世乃遵用趙高申法令隂與高
謀曰大臣不服官吏尚強及諸公子必與我争為之柰

何高曰臣固願言而未敢也先帝大臣皆天下累世名貴人也積功勞世以相傳久矣今高素賤陛下幸稱舉令在上位管中事大臣鞅鞅特以貌從臣心實不服今上出不因此時案郡縣守尉有罪者誅之上以振威天下下以除去上平生所不可者今時不師文而決於武力願陛下遂從時無疑即羣臣不及謀明主收餘民賤者貴之貧者富之遠者近之則上下集而國安矣二世曰善乃行誅大臣及諸公子以罪過連逮近官三郎無

得立者而六公子戮死於杜公子將閭昆弟三人囚於內宮議其罪獨後二世使使令將閭曰公子不臣罪當死吏致法焉將閭曰闕廷之禮吾未嘗敢不從賓贊也廊廟之位吾未嘗敢失節也受命應對吾未嘗敢失詞也何謂不臣願聞罪而死使者曰臣不得與謀奉書從事將閭仰天大呼天者三曰天乎吾無罪昆弟三人皆流涕拔劒自殺宗室振恐羣臣諫者以為誹謗過過者為妖言黔首振恐四月還至咸陽曰先帝為咸陽朝廷

小故營阿房宫未就而崩罷其作者復土酈山酈山事
大畢今釋阿房弗就是章先帝過也復作阿房宫外撫
四夷如始皇計徵材士五萬人為屯衛教射咸陽狗馬
禽獸當食者多度不足下調郡縣轉輸菽粟芻藁皆令
自齎粮食咸陽三百里内不得食其穀用法益刻深七
月戍卒陳勝等反故荊地為張楚勝自立為楚王居陳
遣諸將徇地山東郡縣少年苦秦吏皆殺其守尉令丞
反以應涉相立為侯王合從西鄉名為伐秦不可勝數

也謁者使東方来以反者聞二世怒下吏後使者至二世問之對曰羣盜不足憂郡守尉方逐捕且盡乃悦武臣自立為趙王魏咎為魏王田儋為齊王沛公起沛項梁起會稽二年冬陳涉将周章等西至戲兵數十萬二世大驚與羣臣謀少府章邯曰盜已至衆強今發近縣不及矣酈山徒多請赦之授兵以擊之乃大赦天下使章邯将擊破周章軍章走殺之曹陽二世益使長史司馬欣董翳佐邯擊盜殺陳勝城父破項梁定陶滅魏咎

臨濟楚地名將已死章邯乃北渡河擊趙王歇於鉅鹿

趙高說二世曰先帝臨制天下久故羣臣不敢為非進

邪說今陛下富於春秋即位柰何與公卿廷決事事即

有誤示羣臣短也天子稱朕固不聞聲於是二世常居

禁中與高決諸事公卿希得朝見盜賊益多而關中卒

發東擊盜者毋已右丞相去疾左丞相斯將軍馮劫進

諫曰關東羣盜並起秦發兵誅擊所殺亡甚衆然猶不

止皆以戍漕轉作事苦賦稅大也請且止阿房宮作者

減省四邊戍轉二世曰吾聞之韓子曰堯舜采椽不刮茅茨不翦飯土塯啜土刑雖監門之養不觳於此禹鑿龍門通大夏決河亭水放之海自持築臿脛無毛臣虜之勞不烈於此矣凡所為貴有天下者得肆意極欲主重明法下不敢為非以制御海内也夫虞夏之主貴為天子親處窮苦之實以循百姓尚何於法朕尊萬乘無其實吾欲造千乘之駕萬乘之屬充吾號名且先帝起諸侯兼天下天下已定外攘四夷以安邊境作宫室以

章得意而君觀先帝功業有緒今朕即位二年之間羣
盜並起君不能禁又欲罷先帝之所為是上毋以報先
帝次不為朕盡忠力何以在位下去疾斯刼吏案責它
罪去疾刼曰將相不辱自殺斯獨囚趙高為丞相案斯
具五刑殺之三年章邯等圍鉅鹿楚上將軍項羽救趙
邯等戰數却二世使人讓邯邯恐使長史欣請事趙高
弗見又弗信欣恐亡去高使人捕追不及欣見邯曰趙
高用事於中將軍有功亦誅無功亦誅項羽急擊秦軍

虜王離邯等遂以兵降諸侯八月己亥趙高欲爲亂恐
羣臣不聽乃先設驗持鹿獻於二世曰馬也二世笑曰
丞相誤邪謂鹿爲馬問左右左右或默然或言馬以阿順
趙高或言鹿者高因陰中以法後羣臣皆畏高高前數
言關東盜毋能爲也及章邯等兵數却上書請益助燕
趙齊楚韓魏皆自立爲王自關以東大氐盡畔諸侯率
衆西鄉沛公將數萬人已至武關使人私於高高恐二
世怒誅及其身乃謝病不朝見二世夢白虎齧其左驂

殺之心不樂以問占夢曰涇水為祟二世乃齋於望夷宮欲祠涇沉四白馬使使責讓高以盜賊事高懼乃隂與其婿咸陽令閻樂其弟趙成謀曰上不聽諫今事急欲歸禍吾宗吾欲易置上更立公子嬰子嬰仁儉百姓皆載其言乃詐為有大賊令樂召吏發卒使郎中令為内應追劫樂母置高舍遣樂將吏卒千餘人至望夷宮殿門縛衛令僕射曰賊入此何不止衛令曰周廬設卒甚謹安得賊敢入宮樂遂斬衛令直將吏入行射郎宦

者皆大驚或走或格格者輒死死者數十人郎中令與樂俱入射上幄坐幃二世怒召左右左右皆惶擾不鬬旁有宦者一人侍不敢去二世入謂曰公何不蚤告我乃至於此宦者曰臣不敢言故得全使臣蚤言皆已誅安得至今閻樂前數二世曰足下驕恣誅殺無道天下共畔足下足下其自為計二世曰丞相可得見否樂曰不可二世曰吾願得一郡為王弗許又曰願為萬户侯弗許曰願與妻子為黔首比諸公子樂曰臣受命於丞

相為天下誅足下足下雖多言臣不敢報麾其兵進二世自殺趙高乃悉召諸大臣公子告以誅二世之狀曰秦故王國始皇君天下故稱帝今六國復自立秦地益小乃以空名為帝不可宜為王如故便立二世之兄子公子嬰為秦王以黔首葬二世杜南宜春苑中令子嬰齋當廟見受王璽齋五日子嬰與其子二人謀曰丞相高殺二世望夷宮恐羣臣誅之乃佯以義立我我聞高乃與楚約滅秦宗室而王關中今使我齋見廟此欲因廟中

殺我耳我稱病不行高必自来来則殺之高使人請子嬰數輩子嬰不行高果自往曰宗廟重事王柰何不行子嬰遂刺殺高於齋宮三族高家以狥咸陽子嬰為秦王四十六日沛公破秦軍入武關遂至霸上使人約降子嬰子嬰係頸以組白馬素車奉天子璽符降軹道旁沛公遂入咸陽封宮室府庫還軍霸上居月餘諸侯兵至項籍為從長殺子嬰及秦諸公子宗族遂屠咸陽燒其宮室虜其子女收其珍寶貨財分其地為三封秦降

将章邯為雍王司馬欣為塞王董翳為翟王號曰三秦項羽為西楚霸王主命分天下王諸侯後五年天下定於漢

蘇子曰諸侯之興自生民始矣至始皇滅六國而五帝三代之諸侯埽地無復遺者非秦能滅諸侯而勢之隆汙極於此矣昔禹會諸侯於塗山執玉帛者萬國傳商及周文武之間止千七百餘國夫人之必争强弱之必相吞滅此勢之必至者也彼非諸侯獨能自存聖賢之

君時出而齊之是以強者不敢肆弱者有以自立蓋自禹五世而得少康自少康十二世而得湯自湯六世而得大戊自大戊十三世而得武丁自武丁八世而得周文武當是時雖有強暴諸侯不得以力加小弱然虞夏諸侯亡者已十八九矣自文武成康以来三十有三世獨一宣王能紀綱諸夏幽平以後諸侯放恣春秋之際存者百七十餘國而已雖齊桓晉文迭興以會盟征伐持之而道德不足其身所攻滅蓋已多矣陵遅至於六

國獨有宋衛中山泗上諸侯在耳地大兵強皆務以詐力相傾雖使桓文復生號令將有所不行非有盛德之君不足以懷之矣是以至於蕩滅無餘而後止秦雖欲復立諸侯豈可得哉而議者乃追咎李斯不師古始使秦孤立無援二世而亡蓋未之思歟夫商周之初雖封建功臣子弟而上古諸侯棊布天下植根深固是以新故相維勢如犬牙數世之後皆為故國不可復動今秦已削平諸侯蕩然無復立錐之國雖使並建子弟而君

民不親譬如措舟滄海之上大風一作漂卷而去與秦之郡縣何異且獨不見漢髙晉武之事乎割裂海内以封諸将諸子大者連城數十舉無根之人寄之萬民之上十數年之間隨即散滅不獲其用豈非惑於其名而未察其勢也哉古之聖人立法以御天下必觀其勢勢之所去不可強反今秦之郡縣豈非勢之自至也歟然秦得其勢而不免於滅亡蓋治天下在德不在勢誠能因勢以立法務德以扶勢未有不安且治者也使秦既

一天下與民休息寬繇賦省刑罰黜奢淫崇儉約選任忠良放遠法吏而以郡縣治之雖與三代比隆可也

古史卷七

欽定四庫全書

古史卷八

宋　蘇轍　撰

吳太伯世家第一

吳太伯太伯弟仲雍皆周太王之子而王季歷之兄也季歷賢而有聖子昌太王欲立之於是太伯仲雍二人逃奔荆蠻以避季歷季歷立爲王季而昌爲文王太伯之奔荆蠻自號句吳荆蠻義之從而歸之千餘家立爲吳太伯太伯卒無子弟仲雍立仲雍斷髮文身羸以爲

飾以從荆蠻之俗左傳吳太宰嚭謂子貢曰國君道長而大夫不出門此何禮也子貢對曰太伯端委以治吳仲雍嗣之斷髮文身贏以爲飾豈禮也哉有由然也太史公曰太伯斷髮文身示不可用矣之仲雍卒子季簡立季簡卒子叔達立叔達卒子周章立是時周武王克殷求太伯仲雍之後得周章周章已君吳因而封之乃封周章之弟於周之北故夏墟是爲虞仲列爲諸侯語曰虞仲夷逸宫之奇云太伯虞仲太王之昭則仲雍號虞仲矣今周章之弟亦號虞仲虞其國仲其字故爾然則仲雍之號虞仲抑以其後封虞故耶周章卒子熊遂立熊遂卒子柯相立柯相卒子强鳩夷立强鳩夷卒子餘

橋疑吾立餘橋疑吾卒子柯盧立柯盧卒子周繇立周繇卒子屈羽立屈羽卒子夷吾立夷吾卒子禽處立禽處卒子轉立轉卒子頗高立頗高卒子句畀立是時晉獻公賂周北虞公假道以滅虢因以滅虞句畀卒子去齊立去齊卒子壽夢立壽夢始大稱王自太伯作吴五世而武王克殷封其後爲二其一吳在蠻夷其一虞在中國十二世而晉滅中國之虞中國之虞滅一世而蠻夷之吳興蓋壽夢以前常役屬於楚楚大夫申公巫臣

與其令尹嬰齊爭田與其司馬側爭夏姬出奔晉楚莊王卒嬰齊側殺巫臣之族而分其室巫臣怨之王壽夢二年巫臣請於晉侯而使於吳壽夢說之乃通吳於晉以兩之一卒適吳舍偏兩之一馬教吳用兵乘車使其子狐庸爲吳行人教之畔楚吳始伐楚伐巢伐徐入州來見於春秋十年會諸侯于鍾離十六年楚嬰齊伐我克鳩兹至于衡山我獲其將鄧廖復伐楚取駕嬰齊遂以憂死十八年使壽越如晉晉悼公使魯衛先會我善道

遂會諸侯于戚二十五年王壽夢卒子諸樊立楚共王
卒吳因其喪伐之戰于庸浦我師大敗獲我公子黨王
諸樊二年會諸侯于向晉將爲我謀楚其大夫士匄不
義我伐楚喪而止初王壽夢有子四人長曰諸樊次曰
餘祭次曰夷昧次曰季札季札賢壽夢欲立之季札讓
不可故立諸樊諸樊既除喪將立季札季札辭曰曹宣
公之卒也曹人不義曹君將立子臧子臧去之以成曹
君君子曰能守節君義嗣也誰敢奸君有國非吾節也

札雖不才願附於子臧以無失節固立之棄其室而耕
乃舍之秋楚公子貞伐吳吳擊之獲公子宜穀十二年
楚爲舟師以伐吳無功而還吳召舒鳩人畔楚十三年
楚屈建伐舒鳩吳救之敗焉楚遂滅舒鳩十二月諸樊
伐楚門于巢巢牛臣曰吳王勇而輕若啓之將親門我
獲射之必殪諸樊門焉牛臣射之卒有命立弟餘祭欲
以次必致國於季子以稱先王壽夢之意王餘祭三年
齊慶封有罪自魯來奔封之朱方四年伐越獲俘以爲

閽使守舟餘祭觀舟閽弑之弟夷昧立史記餘祭十七年而後夷昧立蓋失不考之春秋也使季札聘於諸侯凡諸侯之賢者札無不友也王夷昧二年使屈狐庸聘于晉六年楚靈王合諸侯于申遂以諸侯伐吳圍朱方執齊慶封殺之而盡滅其族冬吳伐楚入棘櫟麻以報七年楚人復以諸侯伐吳吳敗楚師于鵲岸楚王以馹至於羅汭吳使蹶由犒師楚人執之楚師及汝清吳有備楚無功而還八年楚遠洩伐徐吳救之敗楚師於房鐘獲宮廐尹棄疾十四年

楚靈王次于乾谿遣兵圍徐以懼吳十五年楚棄疾入楚靈王死楚師還自徐吳敗之豫章獲其五帥冬吳滅州來楚平王初立不敢爭十七年王夷昧卒欲立季札季札逃去吳人立夷昧之子僚王僚二年使公子光伐楚戰于長岸吳師大敗喪其乘舟餘皇楚人塹而守之光使長鬛者三人伏於舟側曰我呼餘皇則對師夜從之三呼皆迭對楚人從而殺之楚師亂吳人大敗之取餘皇而歸四年楚城州來楚歸蹶由五年楚平王以讒

逐其太子建誅太子之師伍奢奢子員奔吳言伐楚之利公子光曰是宗爲戮而欲反其讐不可從也員曰光將有他志余姑爲之求士而鄙以待之乃見鱄設諸而耕於野公子光者王諸樊之子也常以爲若兄弟相授則季子當立季子不立則長子之子當立者也故陰養士欲襲王僚八年吳伐州來楚薳越帥師及諸侯之師救之公子光敗頓胡沈蔡之師于雞父胡子髡沈子逞滅獲陳夏齧楚師大奔九年楚爲舟師以略吳疆吳人

踵之遂滅巢及鍾離十一年楚平王卒十二年王僚欲
因楚喪而伐之使其母弟掩餘燭庸率師伐楚圍潛使
季子聘于上國以觀諸侯楚人禦之楚師强吳師不能
退公子光曰此時也不可失也謂鱄設諸曰我王嗣也
事若克季子雖至不吾廢也鱄設諸曰王可弒也母老
子弱是無若我何四月光伏甲於窟室而享王王亦以
甲爲衛光僞足疾入于窟室使鱄設諸置劒於魚中以
進抽劒刺王弒之王屬亦殺鱄設諸公子光自立是爲

王闔閭以鱄設諸之子爲卿季子至曰苟先君無廢祀
人民無廢主社稷有奉國家無傾乃吾君也吾誰敢怨
哀死事先以待天命非我生亂立者從之先人之道也
復命哭墓復位而待掩餘奔徐燭庸奔鍾吾楚殺郤宛
伯州犂之孫嚭亡奔吳吳以爲太宰王闔閭元年舉伍
員以爲行人三年闔閭使徐人執掩餘使鍾吾人執燭
庸二公子奔楚楚人封之於養將以害吳闔閭怒執鍾
吾子而伐徐滅之闔閭問於伍員曰初而言伐楚余知

其可也而恐其使余往也又惡人之有余之功也今余
將自有之矣伐楚何如對曰楚執政衆而乖莫適任患
若爲三師以肄焉一師至彼必皆出彼出則歸彼歸則
出楚必道敝亟肄以罷之多方以誤之既罷而後以三
軍繼之必大克之闔閭從之四年侵楚伐夷侵潛六楚
沈尹戌師師救潛吳師還楚師遷潛於南岡而還吳師
圍弦左司馬戌右司馬稽師師救弦及豫章吳師還始
用伍員之謀也五年吳始用師於越晉史墨曰歲及三

紀越其有吳乎越得歲而吳伐之必受其凶七年桐叛
楚闔閭使舒鳩氏誘楚人僞畏楚爲之伐桐敗楚師于
豫章圍巢克之獲公子繁八年蔡昭侯如楚楚令尹囊
瓦欲其裘與佩弗予唐成公如楚瓦欲其驌驦馬亦弗
與皆三年止之蔡侯歸如晉請伐楚晉人求賂於蔡弗
得而止蔡侯因伍員伯嚭以其子乾與大夫之子爲質
於吳以謀楚九年闔閭從蔡侯唐人以伐楚楚瓦禦之
陳于柏舉闔閭之弟夫槩王欲戰言於王曰楚瓦不仁

其臣莫有死志先伐之必克王弗許夫槩王曰臣義而
行不待命可也以其屬先擊瓦瓦之卒奔吳師大敗之
五戰及郢楚昭王出奔隨吳入郢以班處宫子山處令
尹之宫夫槩王欲攻之懼而去之夫槩王入之十年越
入吳秦遣兵救楚楚師及秦師大敗夫槩王于沂吳師
屢奔夫槩王歸自立闔閭乃歸夫槩王與王戰敗奔楚
爲堂谿氏十一年吳太子終纍敗楚舟師獲潘子臣小
惟子及大夫七人楚大懼遷郢都鄀十九年吳伐越越

子句踐禦之陳于檇李吳師敗靈姑浮以戈擊闔閭闔

閭傷將指取其一屨還卒於陘子夫差立使人立於庭

苟出入必謂已曰夫差而忘越王之殺而父乎則對曰

唯不敢忘三年乃報越王夫差二年敗越于夫椒遂入

越越子以甲楯五千棲於會稽使大夫種因吳太宰嚭

以行成夫差將許之伍員諫不聽遂及越平初闔閭之

入楚也使召陳懷公懷公不從夫差既克越乃侵陳以

脩先君之怨七年復伐陳八年夫差及魯侯會于鄫徵

百牢魯人辭以禮弗聽魯人以吳無能爲也遂伐邾執邾子益邾茅夷鴻請救於吳九年爲邾伐魯爲城下之盟而還齊悼公娶於魯季氏季姬與季魴侯通魯人不敢歸悼公怒請師於吳將以伐魯魯歸季姬季姬嬖十年使人辭師于吳吳王怒城邗溝以通江淮且使儆師於魯將以伐齊十一年夫差會魯侯邾子郯子伐齊齊人弑悼公以說夫差哭之軍門之外三日徐承以舟師自海入齊齊師敗之乃還楚子期伐陳吳使季子救陳

不戰而還十二年齊人伐魯魯來請師夫差爲魯伐齊戰于艾陵大敗齊師獲齊國書吳之將伐齊也越子率其衆朝焉王及列士皆有饋伍員又諫弗聽使人屬其子於齊鮑氏爲王孫氏王聞之使賜之屬鏤以死十三年夫差會魯侯于槖皐又會衛侯于鄖衛人嘗殺吳行人且姚於是吳人藩衛侯之舍魯使子貢爲衛君辭焉乃舍衛侯十四年夫差會晉侯魯侯于黄池六月越子伐吳大敗吳師獲太子友王孫彌庸壽於姚遂入吳吳

人告敗於王王惡其聞也自剄七人於幕下秋七月辛丑盟吳晉爭先晉趙鞅欲戰乃長晉侯既盟而歸及越人平十六年楚子西子期伐我及桐汭十八年越子來伐禦之笠澤我師大敗二十一年公子慶忌驟諫於王曰不改必亡弗聽遂適楚聞越將伐吳請歸平越遂歸欲除不忠者以說于越吳人殺之冬越圍我晉趙襄子使楚隆來弔二十三年越滅吳越王句踐使告王毋死將居王於甬東辭曰孤老矣不能事君乃縊越人以歸

蘇子曰吳自太伯至壽夢十九世不通中國壽夢以下始與諸侯盟會七世而亡然孔子作春秋終以蠻夷書之謂之吳而不人蓋禮義不足故也春秋諸侯國而不人者三楚始稱荆而已僖元年書楚人伐鄭文九年書楚子使椒來聘自是遂與諸侯齒而吳越終春秋不人此其禮義存亡之實也故子因春秋所書而推考三國得失之効以爲吳越皆戰勝攻取能服人矣而無禮義以自將吳欲以乘陵諸夏而不知止故闔閭之後覆亡

而不救越能自安於蠻夷無意於王伯故句踐之後固陋而無聞至於楚禮義雖不足道而亦無愧於齊晉故其後遂與戰國相終始由是觀之禮義之於爲國豈誣也哉

古史卷八

欽定四庫全書

古史卷九　　　　　　宋　蘇轍　撰

齊太公世家第二

齊太公吕尚者東海上人也其先爲堯四岳佐禹平水土有功封於吕姓姜氏商周之際或封於申吕尚其苗裔也蓋常事紂紂無道去之年已老矣聞周西伯善養老者往歸之隱於漁者西伯將出獵卜之曰所獲非龍非彨非虎非羆所獲伯王之輔於是西伯獵得太公於

渭之陽與語大説曰自吾先君太公曰當有聖人適周周以興子眞是耶吾太公望子久矣故號之曰太公望載與俱歸立爲師太公善用兵自西伯之伐犬戎伐密伐崇三分天下其二歸周太公常主其兵事及文王崩武王伐殷太公益老矣然其用兵不衰方爲將詩人稱之曰維師尚父時維鷹揚諒彼武王肆伐大商會朝清明及武王克殷封太公於齊營丘與周公召公皆留佐天子武王有疾太公召公將爲王穆卜周公乃以身請

命三王王疾有瘳及武王崩管叔蔡叔疑周公不利成
王周公與二公謀出兵東伐既克管蔡而成王亦疑周
公惟二公明周公無他志然不敢言雷風之變二公乃
道成王啓金縢之書得周公代武王之說王悟復迎周
公周公召公卒留相周而太公以老東就國道宿逆旅
逆旅之人曰吾聞時難得而易失客寢甚安殆非就國
者也太公聞之夜衣而行黎明至國萊侯以兵爭營丘
伐敗之太公乃脩政事因其俗簡其禮通工商之業使

魚鹽之利民多歸之故齊爲大國王使召公命之曰五侯九伯女實征之以夾輔周室賜之履東至海西至河南至穆陵北至無棣齊由此得專征伐蓋太公卒年百有餘矣其後五世皆反葬於周子丁公伋立丁公入周爲虎賁氏書顧命太保命仲桓南宮毛俾爰齊侯呂伋以二千戈虎賁百人逆子釗于南門之外丁公卒子乙公得立乙公卒子癸公慈母立癸公卒子哀公不辰立紀侯譖哀公於周周烹哀公而立其弟靜是爲胡公胡公徙都薄姑當周夷王時哀公母弟山怨

胡公乃與其黨帥營丘人襲殺胡公而自立是爲獻公
獻公元年盡逐胡公子徙薄姑都臨菑九年獻公卒子
武公壽立九年周厲王奔彘二十四年周宣王立二十
六年武公卒子厲公無忌立厲公暴虐胡公子復入齊
齊人欲立之爲之攻殺厲公胡公子亦戰死齊人乃立
厲公子赤是爲文公誅殺厲公者七十人文公十二年
卒子成公脫立成公九年卒子莊公購立二十四年周
東徙洛六十四年莊公卒子僖公禄父立二十四年公

及鄭伯如紀將襲之紀人知之不克三十三年僖公卒
子襄公諸兒立四年公會魯桓公于濼魯桓夫人公之
女弟也未嫁而私焉及會魯侯與姜氏皆來公復通之
魯侯謪之以告公怒享魯侯使公子彭生拉而殺之魯
人來討殺彭生以説五年遷紀郱鄑郚齊將滅紀紀侯
知不敵而耻下齊七年紀侯使其弟季以酅來附八年
紀侯遂去其國紀夫人伯姬卒公使以禮葬焉襄公無
禮而好兵民不堪命使連稱管至父戍葵丘期至弗代

故謀作亂僖公母弟夷仲年生公孫無知有寵於僖公
衣服禮秩如適襄公絀之故二人因之以作亂公遊於
姑棼遂田于貝丘見大豕從者曰公子彭生也公怒曰
彭生敢見射之豕人立而啼公懼墜于車傷足喪屨就
舍而賊至遂弑公而立無知僖公之子二人子糾魯姬
子也小白衛姬子也襄公立無常鮑叔牙曰君使民慢
亂將作矣奉小白出奔莒亂作管夷吾召忽奉子糾奔魯
明年雍廩殺無知魯莊公及齊大夫盟于蔇以兵納子

糾小白自莒先入及魯侯戰于乾時管夷吾射小白中
鉤魯師敗績小白立是爲桓公使鮑叔牙以兵脅魯曰
子糾親也請君討之管召讎也請受而甘心焉魯人殺
子糾于生竇召忽死之管仲請囚鮑叔受之及堂阜而
脫之歸而以告曰管夷吾治於高傒使相可也公從之
故管仲得專治齊國於是定四民之居連五家之兵作
內政以寓軍令設輕重通魚鹽之利以贍貧窮祿賢能
反侵地重聘幣以親諸侯二年魯用曹劌敗我師于長

句四年宋萬弑其君捷五年公會諸侯于北杏以平宋亂宋人背北杏之會六年公會單伯及諸侯伐宋及宋人平七年公會諸侯于鄄始霸諸侯十四年陳人殺其世子禦寇陳厲公之子完來奔桓公將以爲卿完讓不受以爲工正其後爲田氏十九年王使召伯廖來錫公命且請伐衛討立子頹二十年伐衛敗之取賂而還二十二年山戎伐燕桓公爲燕伐山戎至孤竹二十四年狄伐邢管仲言於公曰戎狄豺狼不可厭也諸夏親暱

不可棄也宴安酖毒不可懐也詩云豈不懐歸畏此簡書曷救邢以從簡書乎二十五年救邢魯莊公卒公子慶父殺其世子般公子友奔陳魯人立閔公公及魯侯盟于落姑召季友于陳而歸之冬使仲孫湫如魯省難仲孫歸曰不去慶父魯難未已公曰若之何而去之對曰難不已將自斃公曰魯可取乎對曰不可猶秉周禮周禮所以本也臣聞之國將亡本必先顛而後枝葉從之魯不棄周禮未可動也君其務寧魯難而親之親有

禮因重固間攜貳覆昏暴霸王之器也二十六年慶父復弑閔公季友殺慶父而立僖公魯莊公之夫人哀姜齊女也通於慶父知其謀故出奔邾桓公召而殺之使高傒平魯難狄滅衛衛懿公死桓公立戴公使公子無虧帥車三百乘甲士三千人以戍之歸之乘馬祭服五稱牛羊豕雞狗皆三百與門材歸其夫人魚軒重錦三百兩二十七年復帥諸侯之師救邢邢人潰出奔師師遂逐狄人具邢器用而遷之師無私焉邢遷于夷儀因

而城之二十八年帥諸侯城楚丘以封衛邢遷如歸衛
國忘亡九月盟諸侯于貫始會江黄從於楚者服楚人
侵鄭二十九年公會諸侯于陽穀謀爲鄭伐楚公與蔡
姬乘舟于囿蕩公公懼禁之不從公怒歸之未之絶也
蔡人嫁之三十年公會諸侯伐楚先侵蔡蔡潰遂伐楚
楚子使問于師曰何故涉吾地公使管仲對曰昔召康
公命我先君太公曰五侯九伯女實征之以夾輔周室
楚貢包茅不入王祭不共寡人是徵昭王南征不復寡

人是問楚子對曰貢之不入寡人之罪也昭王之不復君其問之水濵師遂進次于陘以待之楚子使屈完如師以觀齊完見諸侯之師而畏之請盟公許之師退盟于召陵陳轅濤塗謂鄭申侯曰師出於陳鄭之間國病矣若出於東方循海而歸可也以告公許之申侯見曰師老矣出於東方而遇敵柰何不如出於陳鄭之間公說與之虎牢執轅濤塗而伐陳三十一年周惠王將廢太子鄭而立帶鄭懼來告公爲之合諸侯于首止以定

其位王怒使周公召鄭伯以從楚鄭伯逃歸不盟三十二年公帥諸侯伐鄭三十三年復會諸侯于甯母以謀鄭管仲言於公曰臣聞之招攜以禮懷遠以德德禮不易無人不懐桓公脩禮於諸侯諸侯官受方物鄭伯使太子華聽命於會子華言於公曰洩氏孔氏子人氏三族實違君命若去之我以鄭爲内臣公將許之管仲曰君以禮與信屬諸侯柰何以姦終之子父不奸之謂禮守命共時之謂信違此二者姦莫大焉公曰諸侯有討

於鄭未捷今苟有釁從之不亦可乎對曰君若綏之以
德加之以訓辭而帥諸侯以討鄭鄭將覆亡之不暇豈
敢不懼若總其罪人以臨之鄭有詞矣何懼君其勿許
鄭必受盟公辭焉鄭伯請盟周惠王崩太子鄭懼不立
使來告難三十四年公會王人及諸侯于洮三十五年
公會宰周公及諸侯于葵丘王使周公賜公文武胙命
無下拜公曰天威不違顏咫尺小白敢貪天子之命無
下拜下拜登受晉獻公來會不及遇周公周公曰齊侯

不務德而勤遠略故北伐山戎南伐楚西爲此會也東
略之不知西則否矣君務靖亂無勤於行晉侯卒里克
殺奚齊卓子公以諸侯討之及高梁而還三十六年公
使隰朋立晉惠公三十七年戎伐京師三十八年公使
管仲平戎于周使隰朋平戎于晉三十九年淮夷病杞
公會諸侯于鹹以謀杞四十年公及諸侯城緣陵以封
杞四十一年楚伐徐公會諸侯盟于牡丘救徐伐厲是
歲管仲隰朋皆死初管仲說桓公以霸事桓公告之曰

吾有大邪三不幸而好田夜至禽側莫而後反不幸而
好酒日夜相繼不幸而好色姑姊妹有不嫁者其尚可
以霸乎管仲曰惡則惡矣然非其急也夫見賢而不能
用害霸也與賢者圖事而與小人疑之害霸也非此二
者不害於霸故桓公三夫人六嬖妾嫡庶不明而管仲
不禁終以此敗桓公既霸諸侯將封泰山禪梁父曰寡
人南伐至召陵望熊耳北伐山戎離支孤竹西伐大夏
涉流沙東馬懸車登太行至卑耳諸侯莫違寡人寡人

兵車之會三乘車之會六九合諸侯一匡天下昔三代受命何以異於此乎管仲固諫不聽乃說桓公曰古之封禪鄗上之黍北里之禾所以爲盛江淮之間一茅三脊所以爲藉東海致比目之魚西海致並翼之鳥凡物不召而至者十有五焉今鳳凰麒麟不來嘉穀不生而蓬蒿藜莠茂鴟梟數至而欲封禪無乃不可乎桓公乃止及管仲病且死公問羣臣誰可使相者管仲曰知臣莫如君公曰易牙何如對曰殺子以適君非人情不可

公曰開方何如曰倍親以近君非人情難近公曰豎刁
何如曰自宫以適君非人情難親管仲死桓公不用其
言卒近三子二年而禍作四十二年周以戎難來告徵
諸侯以戍周淮夷病鄫公會諸侯于淮遂城鄫役人病
夜登丘而呼曰齊有亂不果城而還桓公夫人三王姬
徐姬蔡姬皆無子長衛姬生無虧少衛姬生惠公鄭姬
生孝公葛嬴生昭公密姬生懿公宋華子生公子雍公
與管仲屬孝公於宋襄公以爲太子易牙有寵於衛姬

因豎刁以薦羞於公亦有寵公許之立無虧管仲死五公子皆求立四十三年冬十月乙亥桓公卒易牙豎刁因内寵以殺羣吏立公子無虧孝公奔宋十二月己亥赴辛巳夜殯桓公之子立者五人無虧立三月死次孝公次昭公次懿公次惠公孝公昭元年宋襄公以諸侯伐齊三月齊人殺無虧將立孝公不勝四公子之徒遂與宋人戰五月宋敗齊師于甗立孝公而還八月葬桓公二年宋襄公將求諸侯而虐杞鄫之君諸侯患之於

是陳穆公請修好于諸侯以無忘桓公之德冬諸侯盟
于齊宋人不會六年公伐宋圍緡討其不與盟也九年
公伐魯魯人辭以義不克而還魯人以楚師伐我取穀
寘桓公子雍易牙奉之以爲魯援楚申公叔侯戍之桓
公之子七人爲七大夫於楚十年孝公卒弟昭公潘立
昭公元年使大夫夭從晉文公敗楚師于城濮楚申叔
釋穀而去昭公娶于魯曰叔姬生子舍無寵公弟商人
驟施於國而多聚士十九年昭公卒舍立商人弑舍而

讓其兄元元曰爾求之久矣我能事爾爾不可使多蓄
憾商人自立是爲懿公魯人告于王求昭姬焉王使單
伯來請公執單伯并執昭姬懿公元年春魯使季孫行
父如晉爲單伯昭姬請乃歸單伯秋復遣師侵魯魯復
使季孫告于晉晉侯會諸侯于扈謀將伐我以賂免歸
昭姬既而復伐魯遂伐曹曰何故朝魯二年將及魯平
魯侯有疾辭公不許魯使襄仲納賂乃盟于郪丘三年
公復伐魯及魯侯盟于穀公之爲公子也與邴歜之父

爭田弗勝及即位掘而刖之而使歜僕納閻職之妻而使職參乘四年夏五月公遊于申池二人謀弑公納諸竹中齊人惡公廢其子而立元是爲惠公魯文公卒魯人將殺惡及視而立宣公以告公許之惠公元年魯人以賂求會公及魯侯會于平州取魯濟西田十年復歸之惠公卒子頃公無野立崔杼有寵於惠公髙國畏其偪逐之于衛頃公七年晉郤克來聘公帷婦人而觀之郤子登婦人笑於房郤子怒歸請伐齊晉侯弗許公

使高固晏弱蔡朝南郭偃會晉侯于斷道高固逃歸晉人執三子八年晉侯伐我至于陽穀盟于繒以公子彊爲質晉師還魯宣公不事齊齊晉既盟懼而乞師于楚楚師不出九年晉魯盟于赤棘十年公伐魯又敗衛師于新築魯衛使大夫乞師于晉以伐我皆主郤克晉侯使郤克帥車八百乘來伐戰于鞌郤克傷于矢而皷不止我師敗績公右逄丑父與公易位將及華泉驂絓于木而止晉司馬韓厥及之執縶馬前將以公歸丑父使

公下如華泉取飲公乘佐車以免韓厥獻丑父郤克將戮之呼曰自今無有代其君任患者矣乃舍之晉師及馬陘公使國佐賂之以紀甗玉磬與地晉人不可曰必以蕭同叔子爲質而使齊之封内盡東其畝對曰蕭同叔子寡君之母也吾子布大命於諸侯而曰必質其母是以不孝令也先王疆理天下物土之宜而布其利故詩曰我疆我理南東其畝今使齊畝必東唯吾子戎車是利無乃不可乎魯衛皆爲我請晉人許焉七月盟于

衮婁歸魯汶陽之田十一年公朝于晉左傳齊侯朝于晉授玉郤克曰此行也君爲婦人之笑辱也寡君未之敢任太史公誤以玉爲王故曰頃公朝晉欲尊王晉景公且齊晉敵國豈有王晉之理哉十六年晉人歸我魯汶陽田十七年頃公卒子靈公環立八年公會諸侯伐鄭國佐從公初慶克通于聲孟子鮑牽知之以告國佐國佐謫之夫人怒公歸自會夫人訴之曰高鮑將不納君而立公子角國子知之公不察刖鮑牽而逐高無咎高弱以盧叛公使崔杼爲大夫使慶克佐之帥師圍盧國佐還自鄭如盧師殺

慶克以穀叛公與之盟而復之盧降九年殺國佐以慶
封爲大夫慶佐爲司冦召鮑國及國弱于魯而立之十
年晉悼公始霸及諸侯之大夫圍宋彭城齊人不會晉
人來討使太子光爲質於晉十一年公伐萊萊人賂夙
沙衛以索馬牛皆百匹師乃還七月晉荀罃合諸侯之
大夫于戚以謀鄭齊人不會荀罃以爲言冬復會于戚
崔杼及滕薛小邾之大夫皆往二十五年晉平公會諸
侯于溴梁以諸侯宴令諸大夫歌詩必類高厚之詩不

類將盟高厚高厚逃歸公伐魯秋公復伐魯圍成魯使
叔孫豹告于晉二十六年公伐魯圍桃高厚伐魯圍防
二十七年公伐魯冬晉侯以諸侯來伐公禦之平陰登
巫山以望晉師畏其衆逃歸臨菑諸侯遂圍臨菑公將
走郵棠太子光諫乃止諸侯之兵侵及濰沂而還初公
娶于魯生光以爲太子諸子仲子戎子戎子嬖仲子生
牙屬之戎子戎子請以爲太子公許之仲子曰不可光
之立列於諸侯矣君必悔之公曰在我耳遂東太子光

使高厚夙沙衛傅牙二十八年公疾崔杼微逆光疾病而立之是爲莊公五月靈公卒莊公殺戎子而執牙夙沙衛以高唐叛崔杼殺高厚公圍高唐執夙沙衛醢之三年晉逐其大夫欒盈會諸侯于商任以錮欒氏欒盈自楚適齊公厚之晏嬰諫不聽四年晉將嫁女于吴公使析歸父媵之以藩載欒盈内之曲沃以兵隨之伐晉上太行入孟門欒盈作亂不克而死公還自晉不入遂襲莒門于且于傷股而還五年公畏晉討欲見楚子楚

子使遠啓疆來聘公使陳無宇報之楚子爲我伐鄭公又爲王城郟以説初崔杼娶東郭姜公通焉驟如崔氏以崔杼之冠賜人崔杼怒以其間伐晉也將弑公以説晉六年夏五月莒子來朝饗之崔杼稱疾不視事公往問焉遂從姜氏姜與杼自側户出公拊楹而歌侍人賈舉爲杼間公止衆從者而入閉門甲興公登臺而請弗許請盟弗許請自刃於廟弗許公踰墻射之中股反隊遂弑之立靈公之子杵臼是爲景公崔杼爲右相慶封

爲左相太史書曰崔杼弑其君杼殺之其弟嗣書而死者二人其弟又書乃舍之南史氏聞太史盡死執簡以往聞既書乃還崔氏側莊公于北郭葬于士孫之里四翣不蹕下車七乘不以兵甲晉侯會諸侯于夷儀將伐我以莊公說且厚賂之乃止崔杼之妻生成及彊而死復娶東郭姜生明姜以孤入曰棠無咎與東郭偃相崔氏崔成有疾廢之而立明景公二年崔成請老于崔杼許之偃與無咎弗予成與彊怒將殺之以告慶封慶封

問盧蒲嫳嫳曰彼君之讎也天將棄之矣予何病慶封許之崔成及彊遂殺偃與無咎崔杼怒求人使駕不得使寺人御而出見慶封慶封曰請討之使盧蒲嫳往遂滅崔氏成彊與東郭姜皆死崔杼無歸亦縊慶封當國嗜酒而好田與慶舍政而飲於盧蒲嫳氏慶舍召盧蒲癸王何而嬖之皆莊公之黨也將反慶氏以報莊公諸大夫皆疾慶氏癸與王何復使饔人減諸大夫膳以怒之三年十一月乙亥嘗慶舍涖事欒高陳鮑以甲圍而

殺之慶封歸伐公宮不克奔魯自魯奔吳吳與之朱方
聚其族而居富於在齊崔氏之亂喪羣公子及慶氏亡
公孫竈公孫蠆爲政皆召之而反其邑放盧蒲嫳僇崔
杼之尸改葬莊公焉九年北燕伯款來奔十二年公如
晉請伐北燕歸而伐燕將納燕伯晏嬰曰不入燕有君
矣吾君賄左右諂諛作大事不以信未嘗可也十三年
燕人歸燕姬賂以瑤罋玉櫝斝耳不克而還公孫竈之
子欒施蠆之子高彊皆嗜酒信内多怨與陳氏鮑氏有

惡十六年或告陳鮑曰欒氏高氏將攻子陳鮑皆授甲
使視欒高則皆飲酒陳無宇曰彼雖不信聞我授甲將
逐我及其飲酒先伐諸陳鮑方睦遂伐欒高高彊曰先
得公陳鮑焉往遂伐虎門不克戰于稷欒高敗施及彊
出奔魯凡逐于欒高者子山子商子周子成子公公孫
捷無宇皆召而反其邑益其禄公子公孫之無禄者私
分之邑國之貧約孤寡者私與之粟公與無宇莒之旁
邑辭孟穆姬爲之請高唐陳氏始大十八年公朝于晉

晉侯以公燕投壺晉人曰有酒如淮有肉如坻寡君中
此爲諸侯師中之公曰有酒如澠有肉如陵寡人中此
與君代興亦中之晉人不說十九年晉侯將盟諸侯于
平丘齊不可晉侯使叔向來讓懼而從之二十六年公
疥遂痁期而不瘳諸侯之賓問疾者多在梁丘據與裔
款請誅祝固史嚚以辭賓公說以告晏子晏子止公而
勸公修德公爲之寬政毀關去禁薄斂已責而疾有間
三十一年魯昭公來奔公唁之野井取鄆而居之三十

二年將納魯侯命無受魯貨梁丘據取貨於季孫言於公曰宋元公爲魯君如晉卒於曲棘叔孫昭子求納其君無疾而死不知天之棄魯邪抑魯君有罪於鬼神故及此也君姑使羣臣卜之若可而後君繼之無自辱焉公從之師及魯侯圍成不克秋公及諸侯盟于鄟陵謀納魯侯三十三年齊有彗公將禳之晏嬰曰無益也天之有彗以除穢也君無穢德又何禳焉若德之穢禳之何損公說乃止公與晏嬰坐於路寢公嘆曰美哉室其

誰有此乎嬰曰敢問何謂也公曰吾以爲在德對曰如
君之言其陳氏乎陳氏雖無大德而有施於民豆區釡
鍾之數其取之公也薄其施之民也厚公厚斂焉陳氏
厚施焉民歸之矣詩曰雖無德予女式歌且舞陳氏之
施民歌舞之矣後世若少惰陳氏而不亡則國其國也
已公曰善哉是可若何對曰維禮可以已之在禮家施
不及國民不遷農不移工賈不變士不濫官不滔大夫
不收公利公曰善哉我不能矣吾今而後知禮之可以

爲國也對曰禮之可以爲國也久矣與天地並四十五年公會鄭伯盟于鹹公會衛侯盟于鎻以畔晉使國夏伐魯四十六年魯侯三來侵我使國夏帥師伐之晉士鞅帥師救魯四十七年魯陽虎來奔請師以伐魯鮑文子諫曰陽虎有寵於季氏將殺季孫以不利魯國而求容焉君富於季氏而大於魯國此固陽虎所欲傾覆不可許也公執陽虎虎逃奔晉秋公伐晉克夷儀衛侯來會晉伐我師四十八年公會魯定公于夾谷犂彌言於

公曰孔丘知禮而無勇若使萊人以兵刼魯侯必得志焉公從之孔丘以魯侯退以禮讓公公愧焉乃歸魯鄆讙龜陰之田以謝五十一年公會衛侯伐晉晉范中行氏叛公與魯侯交救之公之夫人曰燕姬無子鬻姒之子荼嬖諸大夫恐其立之也請于公公顧立太子公曰二三子爲樂耳何憂無君五十八年公疾使國夏高張立荼寘羣公子於萊秋公卒孺子荼元年田乞僞事高國每朝必參乘謂之曰子得君大夫皆自危欲作亂又謂諸

大夫曰二子將去貴寵以定君盍及其未作先之大夫從之六月田乞鮑牧及諸大夫以甲入于公宫高國乘如公戰敗國夏奔莒高張晏圉弦施奔魯田乞使召陽生於魯至而匿之十月丁丣立之將盟鮑牧醉而往其臣差車鮑點曰此誰之命也陳子曰受命于鮑子牧曰女忘君之爲孺子牛而折其齒乎而背之也陽生稽首曰若我可不必亡一大夫若我不可不必亡一公子義則進否則退敢不唯子是從鮑牧懼曰誰非君之子乃

受盟陽生立是爲悼公遷荼於駘不至殺之悼公之在
魯也季康子以其妹妻之即位逆之季魴侯通馬女言
其情弗敢與也公怒一年使鮑牧帥師伐魯取讙及闡
且使請師于吳將以伐魯魯人歸季姬嬖乃歸其侵地
鮑牧又謂羣公子曰使女有馬千乘乎或訴之公殺鮑
牧三年使公孟綽辭師于吳吳子怒四年吳師伐我南
鄙國人弑公赴于吳師吳徐承帥舟師將自海入齊齊
人敗之吳師乃還國人立悼公子壬是爲簡公簡公元

年國書帥師伐魯冉有敗之而還吳子復伐我國書禦之我師敗績國書死簡公之在魯也闞止有寵及即位使爲政田恒畏之屢顧於朝諸御鞅言於公曰陳闞不可並也君其擇焉弗聽陳逆殺人闞止執之而逃陳豹事闞止闞止欲逐陳氏而立豹豹曰我逺於陳氏矣遂以告陳氏四年五月壬申田恒兄弟四乘如公闞止出逆之遂入閉門闞止歸屬徒攻宫不勝乃出追而殺之公惄田恒執公于舒州公曰吾早從鞅言不及此六月

田恒弒簡公立公弟驁是爲平公自平公立而田氏專齊割安平以東爲田氏封邑平公二十五年卒子宣公積立宣公五十一年卒子康公貸立二年韓魏始列爲諸侯十九年田恒曾孫和始爲諸侯遷康公海濵二十六年康公卒吕氏絶祀田氏卒有齊國

蘇子曰三代之得天下其所以異於後世者惟不求而得之耳世之論伊尹太公多以隂謀奇計歸之其說乃與漢陳平魏賈詡無異夫陳平賈詡之事張子房荀文

若之所不爲也而謂伊尹太公爲之乎太公蓋善用兵老而不衰與文王治岐而司馬兵法出焉要之皆仁人豈以詭詐爲文武傾人以自立者哉管仲相桓公霸諸侯一匡天下使人免左衽之禍孔子以仁許之然死不旋踵適庶爭立桓公不得葬幸而不亡以管仲之智而不免於此蓋物有以蔽之歟古者將治天下必先治家以爲其道當自是往管仲爲齊大夫塞門反坫身備三歸而相公内嬖如夫人者六人其行甚穢管仲以爲不

害伯不禁也夫古之聖人爲君臣父子夫婦之禮皆有本末不徒設也故以舊坊爲無用而毀之者必有水患以舊禮爲無益而去之者必有亂患古之君子身修而家治安而行之不知其難而亂自去今管仲媮取一時之欲而僥倖於長久難哉桓公季年將立世子管子知將有嫡庶之禍遂與桓公屬孝公於宋襄公夫使桓公妻妾適庶之分素明家事素定則太子一言立矣而他人何與哉蓋管仲智有餘而德不足於是窮矣

古史卷九

欽定四庫全書

古史卷十

宋　蘇轍　撰

魯周公世家第三

周公旦者周文王之子而武王之弟也武王同母兄弟十人母曰太姒文王之正妃也其長子曰伯邑考次曰武王發次曰管叔鮮次曰周公旦次曰蔡叔度次曰曹叔振鐸次曰成叔武次曰霍叔處次曰康叔封次曰冉季載兄弟唯旦長且賢逮文王世任以國事邑之于周

凡周之内治始於室家而至於國人者屬之周公凡周之外治所以交接四隣至於江漢之國者屬之召公故文王之風周人之詩謂之周南諸侯之詩謂之召南言二公之治自北而南也及文王崩周公相武王伐殷武王曰予小子既獲仁人敢祗承上帝以遏亂略謂周召也武王克殷封周公於魯曲阜周公留相武王不就封既克殷二年武王有疾天下未集羣公懼周公乃爲三壇同墠請命太王王季文王爲壇於南方北面周公立

馬植璧秉珪以冊祝曰惟爾元孫某遘厲虐疾若爾三
王是有丕子之責于天以旦代某之身余仁若考能多
才多藝能事鬼神乃元孫不若旦多才多藝不能事鬼
神乃命于帝廷敷佑四方用能定爾子孫于下地四方
之民罔不祗畏嗚呼無墜天之降寶命我先王亦永有
依歸今我即命于元龜爾之許我我其以璧與珪歸俟
爾命爾不許我我乃屏璧與珪乃卜三龜一襲吉公曰
體王其無害歸納其冊于金縢之匱明日而王疾瘳武

王崩成王少方諒陰周公位冢宰正百工管叔蔡叔監殷疑周公不利成王遂以武庚禄父及淮夷叛周公告太公召公曰我若自嫌不以法正之則周必亂無以告我先王遂出兵征之二年而罪人皆服然成王亦以此疑周公公爲鴟鴞之詩以貽王王不悟秋大熟未穫大風雷電禾偃木拔國人震恐二公道王以發金縢王得書問諸史百執事皆曰信公命我勿言王感泣命逆周公于東周公卒相成王方就學周公使其子伯禽與成

王處抗世子法於伯禽以示成王誕保文武受命凡七年既成洛邑詔成王烝祭文武於新邑而歸政焉古者君在諒陰三年不言百官總已聽於冢宰此三代之常禮也武王崩成王幼周公位冢宰當國聽政蓋禮然也其所以興者既終三年成王尚幼未能涖政故至於七年耳今考於書其說止於此初無攝位之文太史公因秦漢之謬以爲周公居攝七年此亦何所據哉夫成王即位稱王矣而周公攝則是二天子也隱公知桓公當立而攝以待之遂至羽父之禍若使隱公如周公當國而不攝雖有讒口禍不至此矣王謂公曰我其退即君于周命公後四方未定于宗禮亦未克敉公功迪將其後監我士師工誕保文武受民亂爲四輔周

公許焉答曰孺子來相宅其大惇典殷獻民亂爲四方新辟作周恭先予旦以多子越御事篤前人成烈答其師作周孚先祭之日王命史佚冊告公子伯禽爲公後於魯而公留相周分魯公以大路大旂夏后氏之璜封父之繁弱殷民六族條氏徐氏蕭氏索氏長勺氏尾勺氏錫之山川土田附庸廟祀文王郊享上帝所以襃顯周公異於諸侯也成王歸涖政周公作無逸言殷三宗及周文武皆以勤勞抑畏享國長久及商後王耽樂怠

敎遠者十年近者四三年所以戒飭成王者甚至是時周公爲師召公爲保相成王爲左右然召公猶不說恐成王未能繼先王君天下周公乃作書告之名之曰君奭言湯之伊尹太甲之保衡太戊之伊陟臣扈巫咸祖乙之巫賢武丁之甘盤周文武之虢叔閎夭散宜生泰顚南宮括皆能左右其君保國配天豈亦當國聽政而後可哉故曰予往暨汝奭其濟小子同未在位誕無我責召公乃說世言周公居攝召公不說太史公信之今書君奭之篇在洛誥後孔子叙之曰召公

爲保周公爲師相成王爲左右召公不説然則召公之不説非不説其聽政盖不説其歸政也且以召公之賢歷事文武與周公從事老矣而猶疑周公有不順之意則周公將何賴焉周公治周作禮樂致太平退老於豐將没欲葬成周示不忘所營邑公卒成王葬之于畢從文王示不敢臣周公也周公之子封者八人伯禽在魯其弟嗣周公食采於周世輔王室凡蔣邢茅胙祭或在畿内或在畿外伯禽之就封周公戒之曰我文王之子武王之弟而王之叔父也然我一沐三捉髮一飯三吐哺起以待士猶恐失天下之賢人汝

之魯慎無以國驕人伯禽始至國徐夷並起爲寇東郊不開將築城而徐夷擾之乃揺兵於費出兵攻之徐夷釋魯自救遂以其日築徐夷服費誓既曰甲戌我惟征徐戎又曰甲戌我惟築所以出兵與築城同日者盖欲徐夷釋魯自救不能爲板築之害耳治魯三年報政周公周公曰何遲也伯禽曰變其俗易其禮喪三年然後除之故遲太公之封齊五月而報政周公周公曰何疾也曰吾簡其君臣禮從其俗爲也及後聞伯禽報政遲曰嗚呼魯後世其北面事齊矣夫政不簡不易民不有近

平易近民民必歸之魯公卒子考公酋立考公四年卒
弟煬公熙立煬公築茅闕門六年卒子幽公宰立幽公
十四年幽公弟濆弑幽公而自立是爲魏公魏公五十
年卒子厲公擢立厲公三十七年卒弟獻公具立獻公
三十二年卒子眞公濞立眞公三十三年卒弟武公敖
立武公九年與長子括少子戲朝周宣王愛戲欲立之
仲山甫諫不聽夏武公歸而卒戲立是爲懿公懿公九
年國人與兄括之子伯御弑懿公而立伯御伯御十一

年宣王伐誅伯御而立懿公弟稱是爲孝公仲山甫言
於宣王曰魯侯肅恭明神敬事耆老賦事行刑必問於
遺訓而資於故實不干所問不犯所咨於是王命孝公
於夷宫以爲侯伯二十七年孝公卒子惠公弗湟立惠
公元妃孟子無子其娣聲子生隱公宋武公生仲子仲
子生而有文在其手曰爲魯夫人惠公娶之生桓公四
十六年惠公卒桓公以適子當立魯人爲其少奉隱公
攝君事以待之隱公四年宋公爲衛州吁乞師以伐鄭

公不許公子翬固請以師會之五年春公觀魚于棠臧
僖伯諫不聽八年春鄭伯以太山之防易許田釋太山
而祀周公十年二月公會齊侯鄭伯于中丘謀伐宋公
子翬先期往十一年公子翬請殺桓公以求太宰公曰
爲其少故也吾將授之矣使營菟裘吾將老焉翬懼反
譖公于桓公使賊弑公于蔿氏立桓公桓公二年宋督
殺其君與夷及其大夫孔父公會諸侯于稷以成宋亂
取郜大鼎于宋納于太廟臧哀伯諫曰武王克商遷九

鼎于洛邑義士猶或非之而况將昭違亂之賂器於太
廟其若之何公不聽北戎病齊鄭世子忽救齊大敗戎
師諸侯之大夫戍齊齊人饋之餼使魯爲之班後鄭鄭
忽怒十年齊侯衛侯鄭伯來戰于郎十八年公會齊侯
于濼遂與夫人如齊夫人齊襄公之妹也未嫁而襄公
通之申繻諫曰女有家男有室無相瀆也易此必亂不
聽齊侯復通焉公謫之以告四月丙子齊侯享公使公
子彭生乘公公卒于車魯人告于齊請以彭生除惡齊

人殺彭生子莊公同立元年三月夫人孫于齊夏單伯
送王姬以齊讎故築王姬之館于外二年十二月夫人
會齊侯于禚四年二月夫人享齊侯于祝丘冬公及齊
人狩于禚五年正月夫人如齊師七年春夫人會齊侯
于防冬又會于穀八年公及齊師圍郕郕降于齊師仲
慶父請伐齊師公曰我實不德齊師何罪姑務脩德以
待時乎師還冬齊人弑襄公公子糾來奔九年春公及
齊大夫盟于蔇夏公伐齊納子糾齊小白自莒先入八

月公及齊師戰于乾時我師敗績齊人以兵脅我爲之
殺子糾于生竇將以管仲與齊施伯言於公曰管仲賢
者齊將用之非殺之也齊用管仲必爲魯患不如殺而
與之公不聽齊人卒相管仲十年齊師伐我公將戰曹
劌請見問何以戰公曰衣食所安弗敢專也必以分人
對曰小惠未徧民弗從也公曰犧牲玉帛不敢加也必
以信對曰小信未孚神弗福也公曰小大之獄雖不能
察必以情對曰忠之屬也可以一戰公與之乘戰于長

句大敗齊師十三年公會齊侯盟于柯始及齊平二十年夫人姜氏如莒二十一年夫人姜氏卒二十二年公如齊納幣二十三年公如齊觀社曹劌諫不聽將納夫人丹桓宫楹而刻其桷御孫諫不聽夏公如齊逆女秋公至自齊公之嬖孟任夫人要公八月丁丑乃入大夫宗婦覿用幣御孫曰男贄大者玉帛小者禽鳥女贄不過榛栗棗脩今男女同贄是無别也男女之别國之大節也而由夫人亂之無乃不可乎又不聽孟任之子曰

般圉人犖有罪般鞭之公曰犖有力焉不如殺之未及
殺也公母弟三人長曰慶父次曰叔牙次曰季友公疾
問後於叔牙牙曰慶父材問於季友友曰臣以死奉般
公曰牙欲立慶父奈何季友以君命命牙待於鍼巫氏
使鍼季酖之曰飲此則有後於魯不然死且無後牙死
立叔孫氏三十二年八月公卒慶父使犖賊般季友奔
陳慶父奔齊齊人立哀姜之娣叔姜之子開是為閔公
閔公元年及齊侯盟于洛姑召季友於陳而復之冬齊

侯使仲孫湫來省難二年慶父使卜齮賊公于武闈慶父通於哀姜哀姜欲立之亂作季友以莊公子申適邾慶父奔莒哀姜孫于邾季友以申入立之是爲僖公以賂求慶父于莒而殺之立孟孫氏齊桓公召哀姜殺之于夷以其尸歸季友之生也桓公卜之曰男也其名曰友在公之右閒于兩社爲公室輔季氏亡則魯不昌及生有文在其手曰友遂以命之其後爲季孫氏僖公元年賜季友汶陽之田及費十六年公會諸侯于淮十七

年滅項齊人以爲討而止公秋夫人姜氏會齊侯于卞
乃免公齊桓公卒十八年宋襄公伐齊納孝公師救齊
不克二十一年邾人滅須句須句子來奔爲成風故公
伐邾二十二年春公伐邾取須句納須句子秋及邾人
戰于升陘公小邾不爲備敗焉邾人獲公冑二十六年
春齊人侵我西鄙夏齊人伐我北鄙公使展喜辭焉齊
師還公以楚師伐齊取穀二十七年楚子及諸侯圍宋
公會諸侯盟于宋二十八年晉文公伐曹衛楚人救之

公使公子買戍衛楚師敗公畏晉殺買以説夏公會諸
侯于踐土冬復會諸侯于温晉人為衛元咺執衛侯歸
之京師三十年使醫酖之不死臧孫辰言於公曰衛君
殆無罪矣刑五而已無有隱者隱乃諱也今晉人酖衛
君不死亦不討其使者諱而惡殺之也有諸侯之請必
免之臣聞班相卹也故能有親君曷請衛君以示親於
諸侯且以動晉公説納玉於王與晉侯皆十瑴乃免衛
侯自是晉人聘於魯加諸侯一等三十一年晉人分曹

地以畀諸侯予我濟西田三十三年十二月僖公卒魯
自慶父之禍政事不舉僖公選賢任能修兵革治牧圉
新閟宮泮宮魯人善之季孫行父請於周使史克頌之
魯頌是也子文公興立二年晉人以公不朝來討公如
晉晉人使陽處父盟公八月丁卯大事于大廟躋僖公
三年晉人懼其無禮請改盟公如晉及晉侯盟七年公
子遂娶于莒公孫敖如莒涖盟且爲遂逆見之美而自
取之遂將攻之公止之使遂舍之敖反之八年公孫敖

奔莒從己氏十四年九月齊商人弑其君舍而自立舍魯甥也告于王將以王寵求其母于齊王使單伯如齊齊人執之并執子叔姬十五年春季孫行父以單伯叔姬故如晉齊人釋單伯秋齊人侵我西鄙行父復訴于晉晉侯會諸侯于扈將討齊取賂而還齊人歸子叔姬齊侯謂諸侯無能爲也復伐我西鄙十六年春及齊平公疾四不視朔使季孫行父盟齊齊侯不信使公子遂納賂乃盟于郪丘十七年夏齊侯伐我北鄙八月癸未

公及齊侯盟于穀十八年二月文公卒公娶于齊曰哀
姜生惡及視二妃敬嬴生倭敬嬴嬖而私事公子遂且
屬其子故遂欲立之叔仲彭生不可遂請於齊齊侯許
之十月遂殺惡及視而立倭是爲宣公彭生死之哀姜
歸于齊魯由此公室卑三桓强莒太子僕弑其君以其
寶玉來奔公命與之邑季孫行父使出之竟宣公以簒
立求定于齊元年會齊侯于平州賂之以濟西田四年
秋公朝于齊五年春公朝于齊齊爲高固止公以求叔

姬許之七年冬公會諸侯于黑壤晉人以公不朝止公以賂免九年春公朝于齊十年春公朝于齊齊以我服故歸濟西田四月齊侯元卒公如齊奔喪十五年初稅畝公子遂之子曰公孫歸父有寵於公將去三桓以張公室十八年與公謀而聘于晉將以晉人去之冬公卒子成公黑肱立季孫行父言於朝曰使我殺適立庶以失大援者仲也夫遂逐東門氏歸父還及笙壇帷復命於介袒括髮即位哭三踊而出遂奔齊宣公季年不復

事齊將以楚師伐之莊王卒楚師不出成公元年爲齊難故作丘甲二年春齊侯伐我北鄙臧孫許如晉乞師晉使郤克帥師伐齊六月癸酉季孫行父臧孫許叔孫僑如公孫嬰齊會晉師及齊侯戰于鞌齊師敗績齊人歸我汶陽田楚人以我用晉師故冬楚公子嬰齊帥師伐我使仲孫蔑以賂求平於楚十一月公及諸侯之大夫盟于蜀晉人惡之而不能禁四年夏公朝于晉晉侯不敬歸將叛晉季孫行父曰晉雖無道國大臣睦而邇

於我諸侯聽焉未可以貳乃止八年春晉侯使韓穿來言汶陽之田歸之于齊自是諸侯貳於晉十年五月晉侯獳卒公如晉弔晉人以公貳於楚止公使送葬諸侯莫在魯人恥之十一年公請受盟晉人歸公叔孫僑如通於穆姜欲去季孟而取其室十六年公將會晉師伐鄭穆姜送公使逐二子公辭以晉難待於壞隤申宫儆備設守而後行故不及其戰晉既敗楚于鄢陵秋復會諸侯于沙隨僑如賂郤犨使告曰魯侯待于壞隤以待

勝者晉侯不見公公歸復會諸侯伐鄭將行姜又命公
如初公又申守而行僑如復告郤犨曰季孟將叛晉君
止行父而殺之我斃蔑也而事晉蔑有貳矣九月晉人
執行父于苕丘公還待于鄆使子叔嬰齊請于晉晉士
燮知僑如之情乃許魯平而赦行父十月出僑如而盟
之僑如奔齊十八年晉悼公立公徃朝焉八月成公卒
子襄公午立生三年矣襄公二年仲孫蔑會諸侯之大
夫于戚謀鄭蔑言於智罃請城虎牢以逼鄭晉人從之

鄭人乃成三年公朝於晉及晉侯盟于長樗五年十一
月季孫行父卒家無衣帛之妾無食粟之馬無藏金玉
無重器備君子稱其忠九年冬公會諸侯伐鄭晉侯與
公燕于河上問公之年曰可冠矣還及衛冠于成公之
廟假鐘皷焉十一年正月作三軍三分公室三桓各有
其一季氏使其乘之人以其役邑入者無征不入者倍
征孟氏使半爲臣若子若弟叔孫氏使盡爲臣十五年
夏齊侯伐我圍成城成郛邾人伐我南鄙十六年齊再

伐我叔孫豹以齊難告于晉十七年秋齊侯伐我圍桃
高厚伐我圍防冬邾人伐我南鄙十八年秋齊師伐我
北鄙冬公會諸侯圍齊十九年春盟于祝柯晉人以我
故執邾子取邾田自漷水冬齊及晉平魯人懼城武城
二十年秋仲孫速帥師伐邾二十一年公如晉拜師及
邾田季孫宿無適子公彌長而愛紇欲立之訪於申豐
豐不可訪於臧紇紇立之仲孫速之子秩與羯也羯使
人謂公彌茍得立請讎臧氏仲孫速卒公彌立羯孟氏

告季孫曰臧氏將爲亂不使我葬臧孫聞之以甲自從
季孫信之命攻臧氏臧紇奔邾乃立臧爲二十七年晉
趙武楚屈建會諸侯之大夫盟于宋二十八年爲宋之
盟故公朝于楚及漢楚康王卒遂行二十九年送葬而
還及方城季氏取卞使公冶以書告曰聞守卞者將叛
臣帥徒以討之旣得之矣公曰欲之而言叛祇見疏也
謂公冶吾可以入乎對曰君實有國誰敢違君公欲無
入縈駕鵞賦式微乃歸晉侯使司馬侯來治杞田三十

一年公作楚宫叔孫豹曰君欲楚也夫若不復適楚必
死是宫六月公卒于楚宫立敬歸之子野九月子野卒
立敬歸之娣齊歸之子裯叔孫豹不欲曰太子死有母
弟則立之無則立長年均擇賢義均以卜古之道也非
適嗣何必娣之子且是人也居喪而不哀在慼而有嘉
容是謂不度不度之人鮮不爲患若果立之必爲季氏
憂季孫宿不聽卒立之比及葬三易衰衰衽如故衰於
是昭公十九年矣猶有童心君子知其不能終也昭公

元年叔孫豹會諸侯之大夫于虢季孫宿伐莒取鄆楚公子圍欲戮魯使晉樂王鮒求貨於豹豹不與謂其人曰諸侯之會衛社稷也若我以貨免魯必受師雖怨季孫魯國何罪叔出季處有自來矣吾又誰怨晉趙武聞之固請諸楚而免之四年十一月叔孫豹卒初豹夢天壓已顧而見人號之曰牛助余乃勝之它日見其人未問其名以牛呼之曰唯遂使爲竪有寵長使爲政豹有疾牛讒其子孟殺之復讒其子仲逐之告人曰夫子疾

病不欲見人遂去其飲食豹以飢死牛立其子媎而相之五年正月舍中軍四分公室季氏擇二三子各一皆盡征之而貢于公叔孫媎即位朝其家衆曰豎牛禍叔孫氏殺適立庶必速殺之牛懼奔齊孟仲之子殺之公如晉自郊勞至于贈賄無失禮晉侯謂女叔齊曰魯侯不亦善於禮乎對曰魯侯焉知禮夫禮所以守其國行其政令無失其民者也今政令在家不能取也有子家羈不能用也干大國之盟陵虐小國公室四分民食於

它爲國君難將及身是之不邺而習儀以亟言善於禮不亦遠乎七年楚靈王成章華之臺將與諸侯落之使遠啓疆來召公三月公如楚晉人復治杞田以成與之十年七月季孫意如伐莒取鄆獻俘始用人於亳社十一年五月夫人齊歸卒大蒐于比蒲九月葬齊歸公不慼晉叔向聞之曰君有大喪而不廢蒐不忌君也君無慼容不顧親也國不忌君君不顧親能無卑乎殆其失國夏公如晉以鄆故晉人辭公至河而復季氏之臣南

蒯意如不禮焉蒯謂公子慭吾出季氏而立子歸其室於公我以費爲公臣慭許之南蒯語叔仲小小欲搆季孫叔孫婼與意如皆三命小謂意如曰三命逾父兄非禮也意如使謂婼婼怒意如懼歸罪於小故叔仲小南蒯公子慭三人謀季氏慭以告公從公於晉南蒯懼不克以費叛如齊公子慭還及郊亦奔齊十三年秋公會諸侯于平丘以郠故公不與盟晉人執季孫意如以歸冬公如晉晉人辭公至河而復子服椒謂晉荀吴曰魯

事晉何以不如夷之小國若爲夷棄之使事齊楚其何瘳於晉荀吳告韓起曰楚滅陳蔡不能救而爲夷執親安用之乃歸季孫十五年冬公如晉晉人猶以鄭故止公十六年夏公至自晉十七年六月甲戌朔日有食之祝史請所用幣叔孫婼曰日有食之天子不舉伐鼓於社諸侯用幣於社伐鼓於朝禮也季孫意如禦之曰止也唯正月朔慝未作日有食之於是乎有伐鼓用幣其餘則否太史曰在此月也日過分而未至三辰有災於

是百官降物君不舉辟移時樂奏皷祝用幣史用辭故
夏書曰辰不集於房瞽奏皷嗇夫馳庶人走此月之謂
也當夏四月是謂孟夏意如弗從婼曰夫子將有異志
不君君矣二十三年春邾人城翼還自離姑武城人塞
其前斷其後之木而弗殊邾師過之推而蹷之遂取邾
師邾人愬于晉晉人來討叔孫婼如晉晉人執之二十
四年春婼至自晉二十五年春有鸜鵒來巢師已曰異
哉文成之世童謡曰鸜之鵒之公出辱之鸜鵒之羽公

在外野往饋之馬鸜鵒跦跦公在乾侯徵褰與襦鸜鵒
之巢遠哉遥遥裯父喪勞宋父以驕鸜鵒鸜鵒往歌來
哭今鸜鵒來巢其將及乎季公若郈昭伯臧昭伯與季
氏皆有怨公若獻弓於世子爲與之出射謀去季氏爲
告公弟公果公賁公果告公公告臧孫臧孫以難告郈
孫郈孫以可勸告子家羈羈曰讒人以君僥倖事若不
克君受其名不可爲也舍民數世以求克事不可必也
且政在焉其難圖也弗聽叔孫婼如闞九月戊戌遂伐

季氏意如登臺請待於沂上以察罪弗許請囚于費弗許請以五乘亡弗許子家羈曰君其許之政自之出久矣隱民多取食焉爲之徒者衆矣日入慝作弗可知也君必悔之弗聽郈孫曰必殺之叔孫氏之司馬鬷戾帥徒以救季氏孟氏從之遂伐公徒子家羈曰諸臣僞刼君者而負罪以出君止意如之事君不敢不改公曰余不忍也遂行孫于齊齊景公欲以千社待公公喜子家羈曰失魯而以千社爲臣誰與之立齊君無信不如早

之晉叔孫婼自闞歸責意如意如稽顙將納公婼如齊與公言將安衆而納公歸而意如有異志婼齊於寢使祝宗祈死遂自殺二十六年春齊人取鄆公至自齊居于鄆夏公以齊師圍成二十七年秋諸侯之大夫會于扈令戍周且謀納公也宋衛皆利納公晉士鞅取貨於季孫不克納孟懿子陽虎伐鄆將逆公及鄆人戰敗之冬公如齊齊侯饗公使宰獻而請安子家羈以君出二十八年春公如晉子家羈請待命于竟弗聽晉人使

公復於竟而後逆之居于乾侯二十九年春公至自乾侯居于鄆齊侯使高張來唁公稱主君𠵨曰齊卑君矣君祇辱焉復如乾侯意如每歲歸公馬及從者之衣屨公執歸者賣之乃不復歸公使公衍獻龍輔於齊侯齊侯喜與之陽穀公衍公爲之生也其母偕出請相與偕告公爲實後而毋先告遂爲太子公私於陽穀而思於魯曰務人爲此禍也且後生而爲兄其誣也久矣乃黜之而以公衍爲太子三十一年晉侯將以師納公范鞅

曰若召季孫而不來則信不臣矣然後伐之若何晉人

召意如鞅使私焉曰子必來我受其無咎意如會晉荀

躒于適歷意如請從君而歸子家羈曰君與之歸一慙

之不忍而終身慙乎公曰諾衆曰必逐之荀躒以晉侯

之命唁公且請公歸公曰已所能見夫人者有如河荀

躒掩耳而走曰寡君其罪之恐敢與知魯國之難退謂

意如君怒未怠子姑歸祭子家羈曰君以一乘入于魯

師意如必與君歸公欲從之衆從者脅公不得歸三十

二年十二月公卒于乾侯魯人立公弟宋是爲定公元年夏叔孫不敢逆公之喪于乾侯意如使不敢召子家羈將用之羈不見喪及壞隤公子宋先入從公者皆自壞隤反六月癸亥公之喪至自乾侯戊辰公即位意如使役如闞公氏將溝焉又欲爲公惡謚問於榮駕鵞駕鵞不可乃止秋七月葬昭公於墓道南孔子之爲司寇也溝而合諸墓二年五月雉門及兩觀災五年六月季孫意如卒陽虎將以璵璠斂仲梁懐弗與曰改步改玉

陽虎欲逐之公山不狃曰彼爲君也子何怨九月陽虎囚季孫斯及公父歜而逐仲梁懐十月殺公何藐己丑盟季孫于稷門之内庚寅大詛公父歜秦遄皆奔齊六年春公爲晉侵鄭陽虎將害季孟使不假道於衛衛人知虎之爲也不問夏季孫斯如晉獻鄭俘陽虎彊使仲孫何忌往報夫人之幣晉人兼享之七年春齊人歸鄆陽關陽虎居之以爲政秋齊國夏伐我西鄙陽虎使季孟宵軍齊師齊師墮伏而待之公歛處父苫夷欲殺虎

虎懼乃還不敗陽虎欲去三桓以季寤更季氏以叔孫
輒更叔孫氏已更孟氏八年冬十月順祀先公而祈焉
將享季氏于蒲圃而殺之戒都車曰癸巳至公斂處父
知之告孟孫曰亂必及子先備諸乃與孟孫以壬辰爲
期陽虎以季孫斯如蒲圃斯奔孟氏陽虎劫公與叔孫
不敢伐孟氏公斂處父以成人伐敗之陽虎如公宫取
寶玉大弓以出入于讙陽關以叛九年四月得寶玉大
弓六月伐陽關陽虎奔齊已而奔晉趙氏十年春及齊

平夏公會齊侯于夾谷孔丘相齊人使萊人以兵刼公孔丘以公退曰士兵之兩君合好而裔夷之俘以兵亂之非齊君所以命諸侯也齊侯聞之遽辟之終事齊卒不能加魯齊人愧焉乃歸鄆讙龜陰之田十一年冬及鄭平自是始叛晉十二年仲由為季氏宰請墮三都春叔孫氏墮郈將墮費公山不狃叔孫輒帥費人襲魯公與三子入季氏之宫登武子之臺費人攻之入及公側孔丘命申句須樂頎下伐之費人北國人追之敗諸姑

蔑二子奔齊遂墮費將墮成公斂處父不可十二月公
圍成弗克齊人畏魯之用孔丘也以女樂來饋季孫斯
受之三日不朝孔子去魯十四年夏公會齊侯衛侯于
牽救晉叛臣范中行氏十五年五月定公卒子哀公蔣
立三桓每歲更伐邾取漷東田及沂西田三年五月桓
宮僖宮災四年六月亳社災七年夏公會吳于鄫吳徵
百牢曰宋百牢我魯不可以後宋子服何對曰先王未
之有也周禮上物不過十二以爲天之大數也吳人弗

聽何曰吳將亡矣棄天而背本不與必棄疾於我乃與之太宰嚭召季孫季孫使端木賜辭焉乃免反自鄫以吳爲無能爲也季孫斯欲伐邾饗大夫而謀之子服何曰小所以事大信也大所以保小仁也背大國不信伐小國不仁失二德者危將焉保孟孫曰二三子以爲如何惡賢而逆之對曰知必危何故不言魯德如邾而以衆加之可乎不樂而出秋公伐邾入之師晝夜掠以邾子益來邾大夫茅夷鴻以束帛乘韋請救於吳八年春

吳伐我克武城東陽次于泗上微虎欲宵攻吳屬徒三百人有若與焉或謂季孫不足以害吳而多殺國士乃止吳王聞之一夕三遷吳人行成將盟子服何曰楚人圍宋易子而食析骸而爨猶無城下之盟我未及虧而有城下之盟是棄國也吳輕而遠不能久請少待之弗從吳人盟而還齊悼公之在魯也季氏以其妹妻之即位而逆之季魴侯通焉弗敢與也齊侯怒五月齊鮑牧伐我取讙及闡齊侯使如吳請師將以伐我我乃歸邾

子秋及齊平齊逆季姬以歸嬖十二月齊人歸讙及闡
九年春齊侯使辭師于吳吳子怒冬吳人來儆師將伐
齊十年公會吳子邾子郯子伐齊齊人弒悼公以說十
一年春齊國書帥師伐我季氏之宰冉求勸季孫戰二
子皆不欲彊而後可孟孺子洩帥右師冉求帥左師及
齊師戰于郊右師奔左師獲甲首八十齊人不能師而
遁夏公會吳伐齊吳獲齊國書季氏用冉有有功思孔
子以幣召之孔子自衛歸魯季孫斯欲用田賦使冉有

訪諸孔子孔子言其不可弗聽十二年春用田賦十二月螽季孫斯問之孔子孔子曰火伏而後蟄者畢今火猶西流司歷過也十四年春狩於大野獲麟以爲不祥以賜虞人孔子觀之曰麟也然後取之六月齊田恒弑其君壬孔丘告於公請討之不聽孟孺子洩與成宰公孫宿有怨八月孟孫卒成人奔喪弗納十五年成叛于齊冬及齊平子服何如齊子貢爲介田恒曰寡君願事君如事衛君子貢對曰寡君之願也昔晉人伐衛齊爲

衛故伐晉冠氏喪車五百因與衛地自濟以西禚媚杏以南書社五百吳人加敝邑以亂齊因其病取讙與闡寡君是以寒心若得視衛君之事君則固所願也田恒病之乃歸成十六年四月孔子卒十七年公會齊侯盟于蒙仲孫彘相齊侯稽首公拜齊人怒彘曰非天子寡君無所稽首二十一年齊人責稽首秋公及齊侯盟于顧公子荆之母嬖二十四年公將以爲夫人使宗人釁夏獻其禮對曰無之公曰立夫人大禮也何故無之對

曰周公及武公娶于薛孝惠娶于商自桓以下娶于齊此禮也則有若以妾爲夫人則固無其禮也公卒立之而以荆爲太子國人始惡公閏月公如越得太子適郢將妻公而多與之地季孫懼因太宰嚭納賂乃止二十五年六月公至自越季孟逆於五梧郭重僕公以季孟燕彘爲祝惡郭重曰何肥也斯曰請飲彘也以魯國之密邇仇讎臣是以不獲從君免於大行又謂重也肥公曰是食言多矣能無肥乎飲酒不樂公與大夫始有惡

二十七年越子使后庸來聘且言邾田封于駘上二月盟于平陽三子皆從季孫病之言及子貢曰若在此吾不及此四月季孫斯卒公弔馬降禮公患三桓之侈也欲以諸侯去之三桓亦患公之多妄也故君臣多間公遊于陵阪遇孟孫曰請問余及死乎對曰臣無由知之三問不答公欲以越去三桓八月公如公孫有陘氏因孫于邾乃遂如越國人施公孫有山氏公卒於越案子貢言哀公不沒於魯而史記稱哀公自越歸卒於有山氏歸於有山氏而不歸國事未可信也子悼公寧

立三桓益彊魯如小侯三十七年悼公卒子元公嘉立二十一年卒子穆公顯立穆公以公儀子爲相子柳子思爲臣然不能用三十三年穆公卒子共公奮立二十二年卒子康公屯立九年卒子景公匽立二十九年卒子平公叔立是時六國皆稱王二十二年平公卒子文公賈立二十三年卒子頃公讎立十九年楚伐我取徐州二十四年楚考烈王伐滅魯頃公亡遷於卞爲家人卒于杞魯不祀

蘇子曰魯自宣公殺其世子而自立公室遂卑三桓分有其民而竊咮之民知有大夫而不知有君襄公二十九年季武子取卞公還自楚不敢入歸而不敢問蓋魯君之失國也久矣至昭公不忍其詢未能收民而舉兵攻之遂以失國哀公孤弱甚於昭公又欲以越人攻之終亦出死於越嗟夫棄民五世而欲一朝收之宜其難哉昔齊晏子嘗告景公以田氏之禍公問所以救之者晏子曰唯禮可以已之在禮家施不及國而大夫不收

公利景公稱善而不能用齊卒以亡語稱哀公問社於宰我宰我對曰夏后氏以松殷人以栢周人以栗曰使民戰栗孔子聞之曰成事不說遂事不諫既往不咎予嘗考之以爲哀公將去三桓而不敢正言古者戮人於社其託於社者有意於誅也宰我知其意而亦以隱荅焉其曰使民戰栗以誅告也孔子知其不可曰此先君之所爲植根固矣不可以誅戮齊也蓋亦有意於禮乎不然何咎予之深也孔子曰禮樂征伐自諸侯出十世

希不失矣自大夫出五世希不失矣陪臣執國命三世希不失矣自隱至昭而逐於季氏凡十世自宣至定而制於陽虎凡五世虎不逾世而敗自是三桓微散沒不復見而魯公室雖微不絶遂與戰國相終始蓋以臣僭君不義而得民要以其力自斃君雖失衆而其實無罪久則民將哀之其勢固當然哉

古史卷十

欽定四庫全書

古史卷十一　　　　宋　蘇轍　撰

燕召公世家第四

召公奭周之同姓食采於召文王起於岐周而化行於南方江漢之國召公實掌其諸侯之政故詩曰文武受命有如召公之臣日闢國百里召公之治諸侯甚得民和親聽男女之訟止於甘棠之下以决事及召公没而民思之愛其甘棠不忍伐也故召南有甘棠行露之詩

武王克商封召公於北燕而留為周太保西旅獻獒召公作旅獒以戒武王武王崩管蔡以殷叛周公東伐召公與太公開成王明周公無罪成王乃逆周公於東及成王將宅洛邑使召公先相宅召公以庶殷攻位于洛汭位成而周公至召公作誥以戒成王周公亦作洛誥而歸政焉成王既涖政二公為左右相自陝以東周公主之自陝以西召公主之詩周南召南以二公為名周南稱后妃而召南稱夫人以此知周南為周人之詩召南為諸侯之詩周公治內而召公治外無疑也及成王之世分天下以為左右二伯領

之故公羊言自陜以東周公主之自陜以西召公主之按書周公毖殷頑民遷于洛邑君陳畢公繼之而召公亦稱伯相康王之誥曰太保率西方諸侯入應門左畢公率東方諸侯入應門右然則二公在文王世分治内外在成王世分掌東西其事各異也

召公不說恐成王未能君天下周公作書諭之名之曰君奭召公復為公劉泂酌卷阿之詩以戒成王周公沒召公與畢公終相成王立康王召公卒其長子在燕其次子留周為召公世世輔周與周公比其顯者召虎佐周宣王燕自召公以下九世至惠侯惠侯當周厲王奔彘共和之世惠侯卒子僖侯立是歲

周宣王即位僖侯三十六年卒子頃侯立頃侯二十四年卒子哀侯立哀侯二年卒子鄭侯立鄭侯三十六年卒子繆侯立繆侯七年而魯隱公之元年也十八年卒子宣侯立宣侯十三年卒子桓侯立桓侯七年卒子莊公立春秋魯莊公之十九年當燕莊公之十六年是歲衛師燕師伐周立王子頹明年鄭伯執燕仲父諸儒皆言立子頹者南燕姞姓南燕近衛於事為信而太史公以為北燕姬姓按春秋書姬姓之燕皆曰北燕則獨書燕者謂南燕也二十七年山戎病燕齊桓公為燕伐山戎歸燕侵地使燕脩召公之法共貢天子莊公三十三年卒

襄公立襄公四十年卒桓公立桓公十六年卒宣公立宣公十五年卒昭公立昭公十三年卒武公立武公十九年卒文公立文公六年卒懿公立懿公四年卒子簡公款立史記簡公作惠公簡公多嬖寵欲去諸大夫而立其寵六年冬諸大夫比以殺公之外嬖公懼奔齊燕人奉悼公以為國悼公雖立而未改元九年冬齊景公以兵納簡公晏嬰曰不入燕有君矣民不貳吾君賄左右諂諛作大事不以信未嘗可也明年正月齊師次于虢燕人

歸燕姬賂以瑤甕玉櫝斝耳盟于濡上不克納而還悼公於是改稱元年六年齊高偃師師納簡公于陽史記惠公在齊四年齊人納之惠公至燕而死燕立悼公蓋失之矣以晏子之言考之則簡公之出也燕既立悼公矣悼公雖立而未敢改元及齊納簡公而不入知其決不得歸然後即位改元耳至悼公六年齊高偃又以兵納簡公于陽豈有惠公九年至燕而死之說乎太史公之為人粗而不詳其於詩書春秋皆未嘗究觀本末又篤信戰國雜說意欲立異自成一家而輕失實之謬孔子序詩書皆因古文而略發明之豈求異哉悼公七年卒共公立共公五年卒平公立平公十九年卒簡公立簡公十二年卒獻公立獻公二十八年卒孝公立孝

公十五年卒成公立成公十六年卒湣公立湣公三十一年卒釐公立時三晉始列爲諸侯釐公三十年伐齊敗于林營釐公卒桓公立桓公十一年卒文公立文公二十八年蘇秦來說請與趙從親文公與之車馬金帛使至趙趙肅侯聽之因約六國爲從長秦惠王以其女爲燕太子婦二十九年文公卒太子立是爲易王易王元年秦使犀首說齊魏共伐趙以敗從約蘇秦自趙入燕易王初立齊宣王因我喪伐取十城蘇秦爲燕說齊

復得十城十年燕君為王蘇秦通文公夫人懼誅乃說王使齊為反間欲以亂齊易王十二年子噲立齊人殺蘇秦蘇秦之在燕與其相子之為婚而蘇代與子之交及蘇秦死而齊宣王復用蘇代王噲三年與楚三晉攻秦不勝而還子之相燕貴重主斷蘇代為齊使於燕燕王問曰齊王奚如對曰必不伯燕王曰何故對曰不信其臣蘇代欲以激燕王尊子之於是燕王大信子之子之因遺蘇代百金而聽其所使鹿毛壽謂燕王不如

以國讓子之堯以天下讓許由許由不受有讓天下之名而實不失天下今王以國讓於子之子之必不敢受是王與堯同行也燕王因屬國於子之子之大重或曰禹薦益於天而以啓人為吏及老傳天下於益啓與交黨攻益奪之天下謂禹名傳天下於益實令啓自取之今王言屬國於子之而吏無非太子之人者是名屬子之而實太子用事也王因收印自三百石吏以上而效之子之子之南面行王事而噲老不聽政顧為臣三年

國大亂民恫恐將軍市被與太子平謀將攻子之儲子謂齊湣王曰因而赴之破燕必矣齊王因令人謂太子平曰寡人聞太子之義將廢私而立公飭君臣之義明父子之位弊邑雖小不足以為先後雖然唯太子所以令之太子因聚衆使將軍市被圍公宮攻子之不克市被及百姓反攻太子市被死構難數月死者數萬人百姓離心齊王因令章子將而伐燕士卒不戰城門不閉燕君噲死子之亡二年而燕人共立太子平是為昭王

昭王即位收破燕卑身厚幣以招賢者謂郭隗曰齊因孫國之亂而襲破燕孤極知燕小力少不足以報然誠得賢士以共國以雪先王之恥孤之願也先生視可者得身事之郭隗曰王必欲致士先從隗始隗且見事況賢於隗者豈遠千里哉於是昭王為隗改築宮而師事之樂毅自魏往鄒衍自齊往劇辛自趙往士爭趨燕燕王弔死問孤與百姓同甘苦使蘇代事齊為間使樂毅交結諸侯二十八年燕國殷富士卒樂軼輕戰於是以

樂毅為上將軍與秦楚三晉合謀以伐齊齊兵敗湣王出亡於外燕兵獨追北入臨菑盡取齊寶燒其宮室宗廟城之不下者獨莒即墨其餘皆屬燕三十三年昭王卒子惠王立惠王為太子時與樂毅有卻及即位疑毅使騎劫代將樂毅亡走趙齊田單以即墨敗燕騎劫死燕兵引歸齊悉復得其故城惠王七年卒武成王立史記

趙惠文王二十八年書燕將成安君公孫操弒其王是年即燕武成王之元年而燕世家不言疑故錄之於此

韓魏楚共伐燕七年齊田單伐我拔中陽十四年武成

王辛子孝王立燕四十三君有二惠二僖二宣三桓二昭二文二簡二孝雖辟陋少文恐不至此蓋譜系脫謬耳棠左傳記簡公款甚明而史記以為惠公則其餘失實者可知也孝王三年卒子王喜立四年王命相栗腹約歡趙以五百金為趙王酒還報曰趙壯者皆死長平其孤未壯可伐也王召昌國君樂間問之對曰趙四戰之國其民習兵不可伐王曰吾以五而伐一對曰不可燕王怒羣臣皆以為可卒起二軍車二千乘栗腹將而攻鄗卿秦攻代獨大夫將渠謂燕王曰與人通關約交以五百金飲人之王使者

報而反攻之不祥兵無成功王不聽自將偏軍隨之將
渠引王綬止之曰王必無往往無成功王蹵之以足將
渠泣曰臣非自為乃為王也燕軍至宋子趙使廉頗將
破栗腹於鄗使樂乘將破卿秦於代廉頗逐燕軍五百
餘里圍其國樂閒奔趙燕人請和趙人不許必令將渠
處和燕相將渠以處和趙聽將渠解圍去六年秦滅東
西周九年秦王政初即位十二年趙使李牧攻燕拔武
遂方城劇辛故居趙與龐煖善已而亡走燕是時趙數

困于秦而廉頗以讒去龎煖為將燕欲因趙獘攻之問
劇辛辛曰龎煖易與耳遂使劇辛將擊趙趙使龎煖擊
之取燕軍二萬殺劇辛二十三年太子丹質於秦亡歸
燕二十五年秦滅韓二十七年秦滅趙趙公子嘉自立
為代王燕見秦且滅六國秦兵臨易水禍且至燕太子
丹陰養壯士二十人使荆軻獻督亢地圖於秦因襲刺
秦王秦王覺殺軻使將軍王翦擊燕二十九年秦拔我
薊燕王亡徙居遼東斬丹以獻秦三十年秦滅魏三十

三年秦拔遼東虜王喜卒滅燕

蘇子曰燕召公之後然國於蠻貊之間禮樂微矣春秋之際未嘗出與諸侯會盟至於戰國亦以耕戰自守安樂無事未嘗被兵文公二十八年蘇秦入燕始以縱横之事說之自是兵交中國無復寧歲六世而亡吳自大伯至壽夢十七世不通諸侯自巫臣入吳教吳乘車戰射與晉楚力爭七世而亡燕吳雖南北絶遠而興亡之迹大略相似彼說客策士借人之國以自快於一時可

矣而爲國者因而徇之猖狂恣行以速滅亡何哉夫起
於辟陋之中而奮於諸侯之上如商周先王以德服人
則可不然皆禍也至太子丹不聽鞠武而用田光欲以
一匕首斃秦雖使荆軻能害秦王亦何救秦之滅燕而
況不能哉此又蘇秦之所不取也

古史卷十一

古史卷十二

宋　蘇轍　撰

蔡叔曹叔世家第五

蔡叔度者周武王之弟也武王同母兄弟十人武王既克殷紂平天下封昆弟而伯邑考前卒無後於是封叔鮮於管封叔度於蔡二人相紂子武庚禄父治殷遺民封叔旦於魯相周爲周公封叔振鐸於曹封叔武於成封叔處於霍康叔封冄季載皆少未得封武王崩成王

少周公位冢宰正百工羣叔流言疑周公不利成王管叔蔡叔挾武庚以作亂周公伐誅武庚殺管叔放蔡叔于郭鄰以車七乘降霍叔于庶人三年不齒而以殷故地封康叔為衛君封季載于冉康叔冉季皆有馴行故周公以康叔為周司寇冉季為周司空以佐成王皆有令名於天下蔡叔度既遷死其子胡率德改行周公以為己卿士言於成王復封之蔡以奉蔡叔之祀是為蔡仲蔡仲卒子蔡伯荒立蔡伯荒卒子宫侯立宫侯卒子

厲侯立厲侯卒子武侯立武侯之出周厲王失國奔彘諸侯多叛周武侯卒子夷侯立夷侯十一年周宣王立二十八年夷侯卒子釐侯所事立釐侯三十九年周室東徙四十八年釐侯卒子共侯興立二年共侯卒子戴侯立十年戴侯卒子宣侯考父立宣侯二十八年魯隱公初立三十五年宣侯卒子桓侯封人立五年公會鄭伯于鄧以謀楚楚於是始大八年師及衛人從王伐鄭鄭敗我及衛射王中肩九年殺陳佗而立陳厲公二十

年桓侯卒國人召桓侯之弟獻舞于陳而立之是為哀侯哀侯與息侯皆娶于陳息媯過蔡哀侯不為禮息侯怒謂楚子伐我我求救於蔡而伐之楚子從之十一年楚敗我師于莘以哀侯歸哀侯怨息侯絕息媯以語楚子楚子滅息而納息媯生堵敖及成王不言十五年楚子為息媯故伐我以説哀侯留楚九年二十年卒蔡人立其子肸是為穆侯穆侯女弟為齊桓夫人十八年齊侯與蔡姬乘舟于囿蕩公公懼禁之不止怒而歸之蔡

人嫁之十九年齊侯以諸侯侵蔡蔡潰遂伐楚二十一年諸侯伐鄭楚子圍許以救鄭冬公以許僖公見楚子於武城許男面縛銜璧大夫衰絰士輿櫬楚子禮而復之二十九年穆侯卒子莊侯甲午立三十三年晉趙盾合諸侯于新城公不會三十四年晉郤缺帥師伐我為城下之盟而還莊侯卒子文侯申立二十年文侯卒子景侯固立三年楚公子嬰齊以諸侯之師侵魯及衛彭名御戎景公為左許靈公為右二公弱皆强冠之盟于

蜀蔡許乘楚車故不列於會七年晉欒書侵我楚公子申以申息之師来救晉不戰而還九年晉欒書復侵我初文侯欲事晉曰先君與於踐土之盟畏楚不能行而卒楚人使蔡無常三十九年公子燮求從先君以利蔡國人殺之其弟履奔楚四十六年公孫歸生會晉趙武楚屈建及諸侯之大夫盟于宋四十七年以宋之盟故公朝于晉過鄭不敬鄭子産曰蔡君必不免初太子般娶于楚公通焉四十九年般弑景公而自立是為靈侯

二年楚公子圍弒其君郟敖而自立十二年四月楚子誘靈侯殺之于申使公子棄疾帥師圍蔡十一月滅蔡執世子有以歸用之于岡山使棄疾爲蔡公蔡滅之二年蔡之遺臣朝吳與觀從矯棄疾之命召楚亡公子比公子黑肱而納之楚靈王死棄疾殺比黑肱而自立復封陳蔡立隱太子有之子廬是爲平侯十月葬靈公朝吳有寵於楚君費無極害之三年讒之蔡大夫大夫逐之奔鄭八年平侯卒子朱立侯朱元年三月葬平侯朱

失位在畢魯叔孫婼聞之曰必不終平侯之弟曰東國
費無極取貨焉謂蔡人曰朱不用命君王將立東國蔡
人懼出朱而立東國是為悼侯朱訴于楚不克悼侯二
年朝于楚六月卒于楚弟昭侯申立十年朝于楚為兩
佩兩裘以其一獻昭王而已服其一楚令尹囊瓦欲之
弗與止之三年獻之乃得歸及漢沉玉而誓曰余所有
濟漢而南者有若大川遂如晉以子元與大夫之子為
質而請伐楚十三年晉為我合諸侯於召陵以謀楚晉

荀寅求貨弗得而止沈子不會晉命我伐之遂滅沈楚以沈故圍我昭侯以子乾與大夫之子為質於吳吳為我伐楚入郢二十五年春楚子以諸侯之師圍我蔡人男女辨以聽命使疆于江汝之間而還於是請遷于吳既而悔之二十六年吳洩庸來聘而稍納師師畢入殺公子駟以說乃遷于州來二十八年公將如吳諸大夫恐其復遷也公孫翩逐而射之入於家人而卒國人殺翩及公孫姓公孫霍而逐公孫辰子成侯朔立十三年

楚滅陳十九年成侯卒子聲侯産立十五年聲侯卒子元侯立六年元侯卒子侯齊立四年楚惠王滅蔡蔡遂絶祀

蘇子曰世俗之説曰舜囚堯不得其死禹逐舜終於蒼梧之野周公將篡成王二叔譏之乃免於亂彼以小人之情度君子之心亦何所不至哉今夫聖人雖與世同處而其中浩然與天地同量彼其食粟衣帛蓋有不得已耳而況與人爭利哉諸葛孔明受托昭烈以相孺子

雖使取而代之蜀人安焉然君臣之義沒身不替孔明
尚然而況於聖人乎彼小人何足以知之
曹叔振鐸與成叔武霍叔處皆就封不得爲王官叔振
鐸卒子太伯脾立太伯卒子仲君平立仲君卒子宫伯
侯立宫伯卒子孝伯雲立孝伯卒子夷伯喜立夷伯二
十三年周厲王奔彘三十年夷伯卒弟幽伯强立幽伯
九年弟蘇弑幽伯代立是爲戴伯戴伯元年周宣王立
三歲矣三十年戴伯卒子惠伯兕立惠伯二十年周幽

王爲犬戎所殺三十六年惠伯卒子石甫立其弟武弑之代立是爲繆公繆公三十年卒子桓公終生立桓公三十五年魯隱公立五十四年桓公有疾使世子射姑朝魯五十五年桓公卒子莊公射姑立三十一年莊公卒世子羈不能自立奔陳國人立赤是爲僖公九年僖公卒子昭公班立九年昭公卒子共公襄立十六年晉公子重耳自齊來公不禮焉薄而觀其駢脅僖負羈之妻謂其夫曰吾觀晉公子其從者皆賢若反國必得志

於諸侯得志必誅無禮子盍蚤自貳乃具盤飧寘璧以
饋重耳受飧反璧十七年重耳自秦入晉二十一年晉
侯來討執公以畀宋人令軍無入僖負羈之宫而免其
族以報冬晉侯有疾共公之豎侯獳貨筮史使以曹為
解曰齊桓公為會而封異姓今君為會而滅同姓曹叔
振鐸文之昭也先君唐叔武之穆也合諸侯而滅兄弟
非禮也與衛偕命而不與偕復非信也晉侯説歸共公
三十五年共公卒子文公壽立二年公朝于魯六年夏

復朝于魯冬齊侯伐我入郛討朝魯故十年宋武穆之族來奔請師以伐宋秋宋師圍我二十三年文公卒子宣公盧立十七年公會諸侯伐秦卒于師曹人使公子負芻守使公子欣時逆公之喪負芻殺其世子而自立是為成公冬葬宣公欣時將亡國人皆將從之負芻懼告罪且請焉欣時反而置其邑三年晉侯以諸侯來討執公歸于京師將見欣時而立之欣時逃奔宋曹人告于晉請歸公而反欣時晉侯許之欣時反成公歸二十

二年衛石買孫蒯伐我取重丘愬之于晉二十三年夏晉人為我執石買孫蒯冬公會諸侯圍齊卒子師子武公滕立二十七年武公卒子平公須立四年平公卒子悼公午立九年公朝于宋宋人因之國人立其弟野是為聲公（年表作襄公）悼公死于宋歸葬聲公五年平公弟通弒聲公代立是為隱公四年聲公弟靈弒隱公代立是為靖公四年靖公卒子伯陽立初國人有夢衆君子立於社宮謀亡曹曹叔振鐸請待公孫彊許之旦求之曹

無之戒其子曰我死爾聞公孫彊為政必去之及伯陽即位好田弋曹鄙人公孫彊獲白鴈獻之且言田弋之説因訪政事説之使為司城以聽政夢者之子乃行彊言霸説於曹伯曹伯從之乃背晉而奸宋十四年宋人伐我築五邑於郊曰黍丘揖丘大城鐘邘晉人不救十五年宋公復伐我將還褚師子肥殿曹人詬之不行師待之宋公怒命反之執曹伯及司城彊以歸殺之遂滅曹春秋之際其君子猶習於周之故其言大王之昭有

大伯虞仲王季之穆有虢仲虢叔文王之昭有管蔡郕霍魯衛毛聃郜雍曹滕畢原酆郇武王之穆有邘晉應韓周公之胤有凡蔣邢茅胙祭惟管叔以罪大無後大伯之後為吳叔度之後為蔡叔旦之後為魯叔封之後為衛叔振鐸之後為曹叔虞之後為晉今皆有世家虞仲五世為周章周章之弟亦曰虞仲武王封之夏虚其後為晉獻公所滅虢仲虢叔為文王卿士虢仲為西虢晉獻公所滅虢叔為東虢鄭所滅鄭莊公曰制巖邑也虢叔死焉則東虢國

於虎牢也郕魯莊公八年降齊為附庸魯文公十二年郕伯奔魯霍為晉獻公所滅毛公事成王為三公在周有毛伯衛毛伯過毛得滕常與諸侯會朝後春秋七世齊所滅畢公高事成王為三公其後畢萬入晉為魏原在周有原莊公原襄公原伯絞公子跳尋原伯魯原壽過韓宣王之世為諸侯伯詩人為作韓奕凡在周事厲王者作板之詩事幽王者作瞻卬召旻之詩邢嘗為狄所伐齊桓公帥諸侯城夷儀而遷之後為衛文公所滅祭在周

有祭公謀父事穆王最賢惟聃季載為周司空郇侯為諸侯伯詩曰四國有王郇伯勞之與郜雍酆邘應蔣茅胙其後皆不見

蘇子曰孟子有言王不待大而伯必有大國王者以德伯者以力以德服人凡有知者莫與之較以力服人力之所不勝則殆故湯以七十里文王以百里齊桓晉文皆因大國之資而後有成齊襄公楚靈王奮齊楚之力無德而求諸侯國未可亡而身死之曹伯陽宋王偃國小德劣而圖伯者之事身死而國隨以滅夫惟樂天

者可以保天下畏天者可以保其國未能畏天而求樂天之功難哉

古史卷十二

欽定四庫全書

古史卷十三

宋　蘇轍　撰

陳杞世家第六

陳胡公滿者虞舜之後也舜為庶人娶堯之二女居于嬀汭其後因姓嬀氏有虞閼父者為周武王陶正武王賴其利器用與神明之後也封其子嬀滿於陳太昊之虛妻之以元女大姬分之以肅慎氏之貢使奉舜祀以備三恪是為胡公胡公卒子申公犀侯立申公卒弟相

公臯羊立相公卒立申公之子突是為孝公孝公卒子慎公圉戎立慎公立當周厲王時慎公卒子幽公寧立十二年周厲王奔彘二十三年幽公卒子釐公孝立六年周宣王即位三十六年釐公卒子武公靈立十五年武公卒子夷公説立是嵗周幽王即位三年夷公卒弟平公燮立七年周幽王為犬戎所殺二十三年平公卒子文公圉立十年文公卒子桓公鮑立二十三年魯隱公初立二十七年鄭莊公使來請成公不許公子佗曰

親仁善鄰國之寶也公曰宋衛實難鄭何能為二十八年鄭伯來侵大獲而歸三十八年正月桓公卒佗殺太子免而自立佗文公之子也公疾病而亂作國人分散故以甲戌己丑再赴於諸侯桓公之子躍蔡出也明年八月蔡人為之殺佗而立躍是為厲公厲公生子完七年厲公卒弟莊公林立七年莊公卒弟宣公杵臼立史記文公娶蔡女生佗故蔡人為佗殺丑父及太子免而立佗是為厲公七年而太子免之弟躍林杵臼使蔡人誘厲公殺之而立躍是為利公利公立五月死明年莊公林立今按左傳佗即五父而非蔡出也蔡出乃厲公躍

耳蔡人為躍殺佗在桓公卒之明年而躍卒在躍之七年皆見於春秋不知太史公何從得此皆不足信也

十四年齊桓公始伯會諸侯于鄄始進陳叙衛上宣公之太子曰禦寇嬖子曰款愛款將立之二十一年殺禦寇而立款公子完與顓孫奔齊完留齊為田氏顓孫自齊奔魯三十七年齊桓公以諸侯伐楚至召陵還將道陳鄭之間陳轅濤塗患之與鄭申侯謀請出東道申侯反之於齊桓公怒執濤塗使魯人江人黄人伐我冬諸侯復伐我我請成齊歸濤塗四十五年宣公卒子穆公

歘立七年宋襄公將求諸侯而虐邾鄫公告於諸侯請
修好焉以無忘齊桓之德冬盟于齊十一年楚成得臣
伐我取焦夷城頓十三年楚得臣復圍我以納頓子十
六年晉文公敗楚于城濮盟諸侯于踐土公背楚如會
不及六月穆公卒子共公朔立晉文公之季年衛成公
不朝而使孔達侵鄭六年晉襄公伐衛衛人來告公曰
更伐之我辭之衛使孔達伐晉七年公為衛請成于晉
執孔達以說魯臧文仲以陳衛之睦也求好於我十一

年使季孫行父來聘十四年夏楚侵我克壺丘秋楚公子朱復伐我敗之獲其公子茷陳人懼及楚平十八年共公卒子靈公平國立共公之卒楚人不禮焉靈公受盟于晉自是晉楚爭陳兵交於國十三年周使單襄公聘于楚假道於我火朝覿矣道茀不可行候不在疆司空不視塗澤不陂川不梁野有庾積場功未畢道無列樹墾田若蓺膳宰不致餼司里不授館國無寄寓縣無施舍民將築臺於夏氏及陳公與孔寧儀行父南冠以

如夏氏留賓不見單子歸告王曰陳侯不有大咎國必亡靈公與孔寧儀行父通于夏姬衷其衵服以戲于朝洩冶諫曰君臣宣淫民無效焉且聞不令君其納之公曰吾能改矣以告二子二子請殺之公弗禁遂殺洩冶夏姬者鄭穆公之女而陳大夫御叔之妻徵舒之母也十五年公與二子飲於夏氏公曰徵舒似女對曰亦似君徵舒病之公出自其廄射而殺之二子奔楚國人立世子午是為成公元年正月公會楚子鄭伯于辰陵始

服于楚十月楚子伐我謂陳人無動吾將有討於少西氏遂入陳殺夏徵舒因縣陳成公奔晉楚申叔時曰以義討徵舒而以貪縣陳其若諸侯何楚子感其言乃復封陳而納寧行父焉史記靈公死太子午奔晉徵舒自立為陳侯按春秋靈公死明年楚子陳侯鄭伯盟于辰陵則太子未嘗奔晉徵舒未嘗為君也蓋楚入陳然後陳侯出奔晉耳二年宋人為晉伐我衛人來救二十七年晉悼公復伯楚公子壬夫為令尹侵欲於小國二十九年晉悼公會諸侯盟于雞澤公使袁僑如會及諸侯之大夫盟楚司馬何忌

侵我三十年成公卒子哀公弱立楚人將伐我聞喪而
止陳不聽命楚人使頓侵我我圍頓元年楚人討陳叛
故殺壬夫而用公子貞晉范匄曰我喪陳矣楚人討貳
而立子囊必改行而疾討陳陳近於楚民朝夕急能無
往乎遂以諸侯戍陳楚再來伐三年晉侯以諸侯來救
公會之于鄬慶虎慶寅謂楚人曰吾使公子黄往而執
之楚人從之二慶使告公曰楚人執公子黄矣君若不
來羣臣不忍社稷宗廟懼有二圖公懼逃歸遂及楚平

十六年蔡公子燮將以蔡之晉蔡人殺之慶虎慶寅畏公子黄之偪也訴諸楚曰與蔡司馬同謀楚人以為討黄奔楚呼於國曰慶氏求專陳國暴蔑其君而去其親五年不滅是無天也十九年公朝于楚黄愬二慶于楚楚人召之使慶樂往殺之慶氏以陳叛夏楚屈建從公圍陳陳人城板隊而殺人役人相命各殺其長遂殺慶虎慶寅楚人納黄二十年公會楚子蔡侯伐鄭當陳隧者井堙木刋鄭人怨焉二十一年夏鄭公子喜公孫僑

伐我宵突陳城而入公扶太子偃師奔墓使司馬桓子賂以宗器公免擁社國人男女別而纍以待于朝鄭師還冬鄭公孫夏復伐我乃與鄭成二十三年晉趙武楚屈建盟諸侯之大夫于宋於是晉楚之從始交相見哀公元妃鄭姬生悼太子偃師二妃生子留下妃生子勝二妃嬖留有寵屬諸司徒招與公子過公有廢疾三十五年招過殺太子偃師而立留公縊而卒干徵師赴于楚公子勝愬之于楚楚靈王執徵師殺之留奔鄭招歸

罷於過而殺之九月楚公子棄疾奉偃師之子吴來伐遂滅陳放招于越殺孔奐哀公之嬖袁克殺馬毁玉以葬楚子以穿封戌為陳公晉平公問於史趙曰陳其遂亡乎對曰未也陳顓頊之後歲在鶉火是以卒滅陳將如之今在析木之津猶將復興且陳氏得政于齊而後陳卒亡臣聞盛德必百世祀虞之世數未也繼守將在齊其兆既存矣明年陳災鄭裨竈曰五年陳將復封封五十二年而遂亡子産曰何故對曰陳水屬也火水妃

而楚所相也今火出而火陳逐楚而建陳也妃以五成故曰五年歲五及鶉火而後陳卒亡楚克有之天之道也故曰五十二年陳滅之五年楚公子棄疾弒靈王代立欲和諸侯立悼太子偃師之子吴爲陳侯而歸之是爲惠公六年五月壬午宋衛陳鄭災陳鄭不救火許不弔災君子知其先亡史記惠公以陳滅之明年爲元年今以惠公反國爲元年爲得其正十一年夏醫師師從楚人拒吴于雞父吴敗我師獲夏齧二十四年惠公卒子懷公柳立元年吴入郢使來召

公公朝國人而問焉逢滑曰臣聞國之興也以福其亡也以禍今吳未有福楚未有禍楚未可棄吳未可從而晉盟主也以晉辭吳若何公曰國勝君亡非禍而何對曰國之有是多矣何必不復小國猶復況大國乎臣聞國之興也視民如傷是其福也其亡也以民為土芥是其禍也楚雖無德亦不艾殺其民吳日敝於兵暴骨如莽而未見德焉天其或者正訓楚也禍之適吳其何日之有公從之四年吳復召公公恐如吳吳以前怨留之

因卒於吳國人立公之子越是為湣公八年吳王夫差克越伐我以修先君之怨十年孔子在陳十三年吳復伐我楚昭王來救師于城父卒于師乃及吳平十六年楚人伐我十七年楚復伐我吳季子來救二十二年楚伐吳公使公孫貞子如吳弔焉及良而卒尸入將命二十三年楚白公勝作亂不克而死我以其間侵楚二十四年楚公孫朝師師來伐遂滅陳

蘇子曰楚方北征諸夏而陳蔡許鄭適當其衝其為國

也難矣吳季子札見鄭子產曰子為國慎之以禮不然鄭國將敗子產以區區之鄭立於晉楚之間敬而不慴卒免大國之患非禮何以當之若陳蔡許頓沛隕越之不暇卒先鄭以滅善哉鄭運罕之論之也曰姬在列者蔡及曹滕其先亡乎偪而無禮鄭先衛亡偪而無法作丘賦鑄刑書皆廢法以便事故曰無法夫無禮則不能自立無以止大國之暴無法則不能字人民將不懷大國不予不折必仆民不予將以其力自斃此其所以為亡之先後也

杞東樓公者夏禹之苗裔也周武王封之於杞以奉夏后氏之祀東樓公生西樓公西樓公生題公題公生謀娶公當周厲王時謀娶公生武公武公立四十七年卒子靖公立靖公二十三年卒子共公立共公八年卒子德公立（世本作惠公）德公生二子曰成公桓公德公十八年卒子成公立成公十八年卒弟桓公立（德公生成公桓公此據世本春秋僖二十三年杞子卒左氏曰成公也史記無成公失之）自桓公以上杞之朝會載於春秋而其君之卒葬不録其世不可詳也當魯隱桓

之世杞君稱侯莊僖之間杞君稱伯僖公末年杞君稱子文成以來乃復稱伯蓋近於東夷雜用夷禮用夏則進之用夷則退之魯僖公之十四年齊桓公帥師城緣陵遷杞以避淮夷之亂考其年疑成公之世也自桓以來乃頗可考桓公六十三年朝于魯魯成公歸自晉言晉悼公之政桓公說騶朝于晉而請為昏自是諸侯之會盟未嘗不與桓公七十年卒子孝公匄立孝公十七年卒子文公益姑立晉平公杞出也文公六年晉荀盈

合諸侯之大夫以城杞諸侯皆不説鄭子太叔曰晉不卹周宗之闕而夏肄是屏其棄諸姬亦可知也晉司馬侯如魯治杞之侵地侯知諸侯之怨不盡歸也晉悼夫人慍之平公平公亦不之詰文公十四年卒弟平公郁釐立平公二年晉人復治杞田魯以成與之十八年卒子悼公成立悼公十二年會諸侯于召陵卒于會子隱公乞立七月隱公弟過弒隱公而自立是為僖公僖公十九年卒子湣公維立湣公十六年公弟閼路弒湣公

而自立是為哀公哀公十年卒諂公子軟立是為出公出公十二年卒子簡公春立元年楚惠王之四十四年伐滅杞昔堯命羲和舜命九官四岳皆當世有大功子孫不廢禹之後為夏於周為杞契為商於周為宋稷為周皐陶為英六益為秦四岳為齊許申羲和為楚六人皆有世家惟英六微弱無譜而垂夷夔龍其後不知所封如滕許郳莒薛唐隨之類其事班班見於春秋而世次不傳不可得而録也

蘇子曰杞宋皆天子之事守也蓋禮樂車服在焉故孔子曰夏禮吾能言之杞不足徵也殷禮吾能言之宋不足徵也文獻不足故也宋雖不足徵然春秋之際晉楚大國有所不知未嘗不問焉晉悼公過宋觀桑林之舞楚靈王將會諸侯向戌獻公合諸侯之禮六如杞遂至於夷無足言者昔孔子學官名於郯子之至微矣而其先王之遺文於諸侯為詳孔子之於夏禮蓋猶有考於杞歟而國無君子不能自列悲夫

古史卷十三

欽定四庫全書

古史卷十四

宋 蘇轍 撰

衛康叔世家第七

康叔封者周武王之少弟也武王既克殷紂以殷餘民封紂子武庚禄父奉其先祀武庚未集恐其有異志乃以管叔蔡叔監殷以和其民武王崩成王少周公以冢宰當國管蔡疑之乃與武庚作亂周公以王命伐誅之以殷之故地封康叔為衛君居河淇之間分之以大路

少帛綪茷旃旌大吕殷民七族陶氏施氏繁氏錡氏樊氏饑氏終葵氏封畛土疆自武父之南及圃田之北竟取於有閻之土以共王職取於相土之東都以會王之東蒐聃季授土陶叔授民命以康誥酒誥梓材啓以商政疆以周索衛國既治復入周為司寇康叔卒子康伯牟立左傳楚靈王所謂王孫牟也世本作髦康伯卒子考伯立考伯卒子嗣伯立嗣伯卒子庚伯立庚伯卒子靖伯立靖伯卒子貞伯立貞伯卒子頃侯立史記頃侯厚賂周夷王夷王命衛為侯今按書成王之世

康叔稱衛侯又曰孟侯蓋以侯爲方伯故其子孫六世
稱伯猶詩以召公爲召伯而非伯爵也至頃侯蓋不復
爲方伯故但以爵稱 頃侯十二年卒子釐侯立釐侯十
非以賂故得侯也
三年周厲王奔彘二十八年周宣王立四十二年釐侯
卒世子共伯餘蚤死立其弟和是爲武公 史記和有寵於釐侯釐侯
多予之賂和以賂士襲攻共伯於墓上共伯入釐侯羨
自殺衛人因葬之釐侯旁案毛詩柏舟之叙曰衛世子
共伯蚤死其妻守義父母欲奪而嫁之誓而不許初無
篡奪之文且武公賢者衛人謂之睿聖武公奪適之事
未可遽以誣之
故疑而不録也 武公脩康叔之政百姓和集四十二年
犬戎殺周幽王武公將兵佐周平戎甚有功爲平王三

公年九十有五猶箴儆於國曰自卿以下至于師長士苟在朝者無謂我老耄而舍我必恪恭於朝以交戒我在輿有旅賁之規位宁有官師之典倚几有誦訓之諫居處有褻御之箴臨事有瞽史之導宴居有師工之誦史不失書矇不失誦於是作抑戒追刺厲王以自儆五十五年卒衛人謂之睿聖武公子莊公楊立莊公娶于齊曰莊姜賢而無子衛人爲之賦碩人又娶于陳曰厲嬀生孝伯早死其娣戴嬀生完莊姜以爲己子公子州

吁嬖人之子也有寵而好兵公弗禁莊姜惡之石碏諫曰將立州吁乃定之矣若猶未也階之為禍夫寵而不驕驕而能降降而不憾憾而能眕者鮮矣弗聽其子厚與州吁游禁之不可二十三年莊公卒子桓公完立石碏請老十三年鄭太叔段作亂不克其子滑來奔為之伐鄭取廩延冬鄭人伐我十六年二月州吁弒桓公而自立將脩先君之怨於鄭而求寵於諸侯以和其民是時宋公子馮奔鄭鄭人將納之乃使公孫文仲與陳蔡

伐鄭民苦於用兵作擊鼓之詩州吁使石厚問其父碏求所以自安碏曰朝陳使求覲於王可也厚從州吁如陳碏使告陳曰衛國褊小老夫耄矣無能為也此二人者實弒寡君敢即圖之陳人執之而請涖於衛衛人皆殺之召公子晉于邢而立之是為宣公宣公烝於夷姜生急子屬諸右公子洩為之娶於齊而美公娶之生壽及朔屬壽於左公子職夷姜縊宣姜與朔構急子公使諸齊使盜待諸莘將殺之壽子告之使行不可曰棄父

之命惡用子矣有無父之國則可也及行壽飲之酒載其旌以先盜殺之急子至曰乃我也此何罪又殺之二子死朔為世子十九年宣公卒子惠公朔立惠公四年左右公子怨惠公逐之立黔牟惠公奔齊黔牟立八年齊宋陳蔡來納惠公明年春王人子突來救不勝諸侯惠公復入放黔牟于周放甯跪于蔡殺左右公子惠公初立至是十三年矣二十五年王子頹來奔師及燕師伐周立子頹三十一年惠公卒子懿公赤立三年齊桓公

以王命討立子頹師及齊師戰敗賂之乃還九年狄伐
我懿公好鶴鶴有乘軒者將戰國人受甲者皆曰使鶴
鶴實有禄位予焉能戰公使石祁子甯莊子守渠孔御
戎子伯為右黄夷前驅孔嬰齊殿及狄人戰敗于滎澤
公不去其旗是以甚敗石祁子甯莊子夜與國人出狄
入衛又敗我河上惠公之少也公子頑烝于宣姜生齊
子戴公文公宋桓夫人許穆夫人文公為衛之多患也
先適齊及敗宋桓公逆其遺民宵涉河男女七百三十

人益之以共滕之民為五千人立戴公申以廬于曹齊桓公使公子無虧以兵戍之遺之祭服乘馬牛羊雞犬戴公未逾年卒立其弟文公燬初惠公以讒殺二兄國人不附及狄之禍國人思復立急壽之後而急壽皆無子黔年及頑皆急壽之弟也故立其子二年齊桓公帥諸侯城楚丘自曹遷焉文公大布之衣大帛之冠務材訓農通商惠工敬教勸學授方任能元年革車三十乘季年乃三百乘十三年狄侵我十六年晉公子重耳過

我公不為禮十七年齊桓公卒十八年邢人狄人侵我
為菀囿公以國讓父兄子弟及朝衆曰苟能治之燬請
從焉衆不可而後師于訾婁狄師還十九年衛大旱卜
有事於山川不吉甯莊子曰昔周饑克殷而年豐今邢
方無道諸侯無伯天其或者使衛討邢乎遂伐邢師興
而雨二十年齊狄盟于邢為邢謀我二十一年狄侵我
二十五年正月伐邢使禮至兄弟亡入邢事其大夫國
子衛師至國子巡城禮至掖以赴外殺之遂滅邢五月

文公卒子成公鄭立二年正月晉文公將侵曹假道于

我弗許遂伐我取五鹿公欲與楚國人不欲出公以説

晉公出居襄牛晉人分我田以畀宋人四月晉文公敗

楚師于城濮公懼奔楚遂適陳使元咺奉叔武以受盟

或訴元咺曰立叔武矣其子角從公公殺之咺不廢命

奉叔武以入守六月晉人歸公甯武子與國人盟以安

衆公不信叔武先期而入公子歂犬華仲前驅叔武將

沐聞君至喜捉髪走出前驅射而殺之公知其無罪也

枕之股而哭之命殺猷夫元咺奔晉冬會于温公與元咺訟不勝晉人執公歸于京師而歸元咺于衛咺立公子瑕五年晉人使醫衍酖公不死魯為我請晉人歸公公殺元咺及瑕而後入六年狄圍我遷于帝丘以避之七年侵狄及狄盟晉文公之季年公不朝九年晉襄公伐我公與陳共公謀使孔達伐晉十年陳為我求成于晉執孔達以説十二年晉人歸孔達公如晉拜十六年晉人歸我匡戚之田三十五年成公卒子穆公遫立三

年孔達及晉原穀宋華椒曹人同盟于清邱曰恤病討
貳陳貳於楚宋以盟故伐陳孔達救之曰先君有約言
焉若大國討我則死之四年晉人來討五年殺孔達以
說十一年四月孫良夫師師及齊戰敗于新築乞師于
晉六月及晉魯敗齊侯于鞌得其侵地八月穆公卒子
定公臧立五年孫林父出奔晉十二年春公如晉晉侯
將見孫林父公不許公歸晉侯使郤犫見之公欲辭定
姜曰不許必亡雖惡之不猶愈於亡乎公見而復之秋

公有疾使孔成子甯惠子立敬姒之子衎為太子十月
定公卒子獻公衎立不哀定姜既哭而息不內酌飲嘆
曰是夫也將不唯衛國之敗其必始於未亡人烏乎天
禍衛國也夫吾不獲鱄也使主社稷大夫聞之皆懼元
年楚侵我二年公為晉伐鄭自是與楚鄭為怨十八年
四月公戒孫林父甯殖食日旰不召而射鴻於囿二子
從公不釋皮冠而與之言二子怒孫子如戚孫蒯入使
公飲之酒使工歌巧言之卒章蒯懼以告林父林父曰

君忌我矣不先必及公知之使子蟜子伯子皮與林父盟林父皆殺之已未公如鄄使子行於林父林父又殺之公出奔齊國人立公孫剽孫林父甯殖相之以聽命於諸侯是為殤公公弟子展子鮮從公齊人以郲寓公魯人使厚成叔弔于衛歸告臧紇曰衛君其必歸乎有太叔儀以守有母弟鱄以出或撫其内或營其外能無歸乎魯人又使臧紇唁公公與之言虐退而告其人曰衛侯不得入矣其言糞土也亡而不變何以復國子展

子鮮聞之見臧紇與之言道臧孫說曰衛君必入二子者或輓之或推之欲無入得乎晉侯問衛故於中行偃對曰衛有君矣不如因而定之推亡固存不亦可乎冬諸侯會于戚以定衛殤公六年甯殖病將死告其子喜使納獻公喜許諾十一年秋晉侯使魏舒宛沒逆獻公於齊使衛與之夷儀獻公自夷儀使與甯喜言甯喜許之大叔儀聞之曰君子之行思其終也思其復也故曰慎始而敬終終以不困今甯子視君不如奕棋奕者舉

棋不定不勝其偶而況置君而弗定乎必不免矣甯喜亦畏公之不信也使告曰必子鮮在公以命鱄鱄辭敬姒強之公使謂甯喜茍反政由甯氏祭則寡人甯喜告蘧伯玉伯玉曰瑗不得聞君之出敢聞其入遂行從近關出告右宰穀穀曰不可獲罪於兩君喜以父命告穀曰我請使焉而觀之反曰君淹恤在外十二年矣而無憂色亦無寬言猶夫人也不已必死喜曰子鮮在穀曰子鮮在何益多而能亡喜曰雖然弗可以已孫林父在

戚二月庚寅甯喜右宰穀攻孫氏殺孫襄辛卯弑殤公及太子角孫林父以戚奔晉甲午獻公入大夫逆於竟者執其手而與之言道逆者自車揖之逆於門者頷之而已公怨太叔儀使讓之儀欲亡公止之使殖綽攻戚殺晉戍三百人林父訴之晉夏晉趙武合諸侯之大夫于戚以討衛疆戚田公往會之晉人執公及甯喜秋齊侯鄭伯為公故如晉晉人許之冬納女于晉乃釋公史記言獻公入與殤公之死最為疎謬其言曰殤公十二年孫甯爭政公使甯子攻孫氏孫林父奔晉請納獻公齊

景公聞之與獻公如晉求入晉人誘殤公及甯子而執之其說不根今以左氏為正獻公後元年公患甯喜之專也使公孫免餘攻而殺之及右宰穀公弟鱄曰逐我者出納我者死君失其信而國無刑不亦難乎遂出奔晉公止之不可託於木門不嚮衛國而坐終身不仕公使免餘為卿辭曰太叔儀不貳能贊大事君其命之乃以儀為卿二年討甯氏之黨石惡奔晉三年獻公卒子襄公惡立吳季札過衛說蘧瑗史狗史鰌公子荆公叔發公子朝曰衛多君子未有患也九年八

月襄公卒襄公夫人姜氏無子嬖人婤姶生孟縶有廢
疾孔成子夢康叔謂己立元余使羈之孫圉與史狗相
之史朝夢與成子協既而婤姶生子名之曰元乃立之
是為靈公公孟縶狎齊豹奪之司寇與鄄有役則反之
無則取之又惡北宫喜褚師圃欲去之公子朝通於襄
夫人宣姜懼而欲為亂十三年秋豹喜圃朝作亂公孟
有事于蓋獲之門外齊氏伏甲殺之公聞亂如死鳥齊
氏之宰渠子召北宫喜北宫氏之宰不與謀殺渠子而

伐齊氏鍼之公與北宮喜盟而入公子朝褚師圃奔晉殺宣姜二十九年公會諸侯于召陵諸侯將長蔡於衛公使祝鮀私於周萇弘曰康叔以賢用於周為司寇而蔡叔以罪廢其子胡帥德改行僅乃得封先王尚德而已非尚年也奈何違之萇弘說告劉子與范獻子謀之卒長衛君三十一年魯人伐鄭過我不假道及還陽虎使季孟自南門入出自東門舍於豚澤公使彌子瑕追之公叔儀老矣輦而如公曰昭公之難君將以文之舒

鼎成之昭兆定之鞶鑑苟可以納之擇用一焉公子與
二三臣之子諸侯苟憂之將以爲之質此羣臣之所聞
也今將以小忿蒙舊德無乃不可乎太姒之子惟周公
康叔相爲睦也而效小人以棄之不亦誣乎天將多陽
虎之罪以斃之君姑待之若何乃止是時晉失諸侯齊
鄭叛之三十二年齊侯鄭伯盟于鹹公欲叛晉諸大夫
不可北宮結如齊而私於齊侯曰執結以侵我乃盟于
瑣三十三年晉師救魯還過我將盟公于郹澤趙鞅曰

誰敢盟衛君者涉佗成何曰我能盟之衛人請執牛耳成何曰衛吾温原也焉得視諸侯將歃涉佗捘公手及捥公怒王孫賈趨進曰盟以信禮也有如衛君其敢不惟禮是事而受此盟也公欲叛晉而患諸大夫王孫賈使次于郊大夫問故公語之詬且曰寡人辱社稷其改卜嗣寡人從焉大夫曰是衛之禍豈君之過也公曰又有患焉謂寡人必以而子與大夫之子為質曰茍有益也公子則往羣臣之子敢不皆負羈絏以從將行王孫

賈曰衛國有難工商未嘗不為患使皆行而後可大夫
又將行之行有日公朝國人使賈問焉曰若衛叛晉晉
五伐我病何如矣皆曰五伐我猶可以戰賈曰然則叛
之病而後質何遲之有遂叛晉晉人請改盟弗許秋晉
士鞅侵我魯人侵我三十四年齊侯伐晉次于五氏晉
車千乘在中牟公將會齊卜過之龜焦公曰可也衛車
當其半寡人當其半敵矣乃過中牟中牟人欲伐之衛
褚師圃亡在中牟曰衛雖小其君在焉未可勝也齊師

克城而驕其師又賤遇之必敗乃伐齊師敗之齊侯致禚媚杏於衛三十八年孔子自魯來禄之如魯大夫南子有寵於公公叔戍欲去其黨夫人愬之曰戍將為亂三十九年公叔戍北宫結出奔魯趙陽出奔宋南子宋女也故與宋朝通公為之召朝太子蒯聵如齊過宋野野人歌之曰既定爾婁豬盍歸吾艾豭太子羞之謂其臣戲陽速曰從我而朝少君我顧則殺之太子見夫人三顧速不進夫人覺之啼而走曰蒯聵將殺余公執其

手以登臺太子奔宋已而之晉趙氏太子蒯聵之出也公謂子郢余無子將立女對曰郢不足以辱社稷君其改圖四十二年四月靈公卒夫人命立子郢曰君命也郢曰亡人之子輒在乃立輒是為出公六月晉趙鞅納蒯聵于戚出公元年石曼姑及齊國夏帥師圍戚八年孔子自陳來九年孔子歸魯十年公會魯侯吳子于鄖我嘗殺吳行人且姚及會吳人藩公之舍魯人使子貢見大宰嚭而辭焉嚭說乃舍公公歸而効夷言公孫弥

年曰君必不免其死於夷乎執之而又說其言從之固矣孔圉之妻太子蒯聵之姊也生悝而圉卒其豎渾良夫通焉孔姬使見太子於戚太子與之言曰苟使我入獲國服冕乘軒三死無與使請於伯姬伯姬許之十三年良夫與太子入廹孔悝而强盟之召獲駕乘車奉出公奔魯季路死之孔悝立蒯聵是為莊公（左傳衛出公元年在魯哀公三年其出在魯哀公十五年凡十三年而史記出公自立至出止十二年左傳莊公元年在魯哀十六年死在十七年凡二年而史記莊公元年在魯哀十五年至死凡三年皆失之也）莊公居外久怨

諸大夫莫逆欲盡去之元年子還成孔悝奔宋公以占
夢嬖人卜人求酒於大叔遺弗得告公而逐之大叔遺
奔晉公謂渾良夫曰吾繼先君而不得其器若之何良
夫曰疾與亡君皆君之子也召之而擇材焉若不才器
可得也豎告太子疾疾使五人輿豭從已劫公而强盟
之且請殺良夫公曰其盟免三死曰請三之後有罪殺
之公曰諾哉二年公成虎幄於藉圃求令名者而與之
始食焉太子請使良夫良夫乗衷甸兩牡紫衣狐裘至

袒裘不釋劒而食太子使牽以退數三罪而殺之晉趙鞅使來告曰君在晉也志父為主請君若太子來以免志父公辭以難太子又使椓之夏趙鞅圍衛齊人來救趙鞅還冬趙鞅復伐我入郛國人出公而與晉平晉人立襄公之孫般師而還十一月公自鄄入般師出初公登城見戎州曰我姬姓也何戎之有翦之公使匠久又欲逐石圃故圃因匠氏攻公公踰城而隊折股戎州人攻之太子疾公子青踰從公戎州人殺之公入于己氏

已氏之妻髮美公甞見之以為吕姜髢故已氏殺公國人復般師而立之十二月齊人伐我執般師立公子起而還君起元年夏石圃逐起出公自齊歸逐石圃而復石魋與大叔遺出公初立十三年而亡亡三年復入出公入而奪南氏邑奪司寇亥政又使侍人納公文要之車于池公之夫人夏戊之女也其弟期為司徒夫人寵衰期得罪褚師比有足疾韈而登席公怒欲斷其足公使三匠久公使優狡盟拳彌而甚近信彌復入之七年

褚師比公孫彌年公文要司寇亥司徒期因三匠與拳彌以攻公公適城鉏使如越請師八年魯叔孫舒宋樂筏越皐如后庸來納公公孫彌年將納之公文要曰君愎而虐少待之必毒於民乃睦於子矣師侵外州大獲出禦之大敗掘褚師定子之墓而焚之公孫彌年致衆而問焉曰君以蠻夷伐國國幾亡請納之衆曰勿納曰彌年亡而有益請自北門出衆曰勿出重賂越人申開守陴而納公公不敢入師還國人立靈公之子黚是為

悼公以城鉏與越公曰期則為此令苟有怨於夫人者報之期聘於越公攻而奪之幣期告於越而以衆取之公怒殺期甥之為太子者遂死於越悼公之世晉知伯將伐我獻野馬四白璧一羣臣皆賀公孫弥牟有憂色公曰何故對曰野馬四白璧一此小國之禮也而大國致之君其圖之公以其言告邊境知伯果起兵襲我至境而反曰衛有賢者知吾謀矣已而又欲來襲我使其太子亡奔衛弥牟又曰太子顏知伯之愛子也非有大

罪而亡必有故也使人逆之於境曰車過五乘慎勿納也知伯乃止悼公十八年卒左傳出公復入之八年悼公立其事甚詳而史記出公復入二十一年卒黜改出公子而自立悼公五年卒事既失實不可復信今但取其年以定悼公之年而已子敬公弗立敬公十九年卒子昭公糾立是時三晉強衛如小侯事之昭公六年公子亹弑公代立是為懷公懷公十一年公子頹弑公代立是為慎公慎公父公子適適父敬公也慎公四十二年卒子聲公訓立聲公十一年卒子戍侯速立世本速作逝是時公孫鞅入秦十六年

衛更貶號為侯二十九年成侯卒子平侯立八年平侯
卒子嗣君立五年更貶號曰君獨有濮陽嗣君雖益削
小然好術而修政衛人稱之衛有賢者胥靡逃之魏贖
之百金魏不與乃請以左氏羣臣諫曰以百金之地贖
一胥靡無乃不可乎君曰治無小亂無大教化喻於民
三百之城足為治民無廉耻雖十左氏何以用之嗣君
立凡四十二年卒子懷君立三十一年朝魏魏囚殺懷
君更立嗣君弟是為元君元君魏壻也故魏人立之元

君十四年秦拔魏東地置東郡徙衛野王以濮陽益東郡二十五年元君卒子君角立九年秦并天下二十一年二世廢君角為庶人衛絶祀

蘇子曰衛之大亂者再皆起於父子夫婦之際宣公靈公專欲以與禍固無足言者急子壽子爭相為死而莊公出公父子相攻出入二十餘年不以為耻賢愚之不同至此哉然急壽勇於義惜其不為吴太伯而蹈中生之禍以重父之過可以為廉矣未得為仁也昔者孔子

之門人季路高柴皆事出公孔子自陳反於衛子路問曰衛君待子而為政子將奚先孔子曰必也正名乎名不正則言不順言不順則事不成事不成則禮樂不興禮樂不興則刑罰不中刑罰不中則民無所措手足故君子名之必可言也言之必可行也君子於其言無所茍而已矣嗚呼衛之名於是可謂不正矣靈公黜其子而子其孫出公不父其父而禰其祖人道絶矣孔子於是焉而欲正之何為而可靈公之死也衛人立公子郢

郢不可則衛人立輒使輒而知禮必辭辭而不獲必逃輒逃而郢立則名正矣雖以拒蒯聵可也雖然孔子為政豈將廢輒而立郢耶其亦將教輒避位而納蒯聵耳蒯聵得罪於父生不養死不喪然於其入也春秋書曰晉趙鞅帥師納衛世子蒯聵于戚非世子而以世子名之以其子得立於衛成其為世子也若輒避位而納其父是世子為君也而名有不正乎名正而衛定矣

古史卷十四

欽定四庫全書

古史卷十五

宋　蘇轍　撰

宋微子世家第八

微子啓者殷帝乙之元子而紂之庶兄也其父師曰箕子少師曰比干皆殷宗室賢者也箕子知微子之賢言於帝乙欲立以為世子帝乙不從及紂為天子以淫虐錯天命三人知殷將亡而微子箕子以嫌故不敢諫微子欲逃於野以避紂謀於二師曰我其發出狂吾家耄

遯于荒箕子以為不可曰商今其有災我興受其敗商今其淪喪我罔為臣僕詔王子出迪我舊云刻子王子弗出我乃顛隮自靖人自獻于先王我不顧行遯於是微子以祭器奔周箕子佯狂為奴紂遂因之比干於紂無宿怨乃獨極諫紂怒剖其心觀之史記箕子曰為人臣不諫而去是彰君之惡也乃被髮佯狂而為奴比干曰君有過不以死爭則百姓何罪乃直言諫紂而死微子曰父子有骨肉而臣主以義屬三諫不聽可以去矣遂行然則三人者各以其意行而未見義之所以當異也且孔子稱微子去之箕子為之奴比干諫而死其先後之次如此今乃錯其先後非舊說也蓋三人之不同由其所處者異故

也微子以兄之嫌箕子以立微子之怨其勢不可復諫雖諫必不用微子欲全其先祀故去之歸周箕子去無益於殷而不忍棄其宗國故因比干宗室大臣而無嫌者也若不以死諫則是苟免矣此三子之志而孔子所以皆稱其仁也故武王伐殷數紂之罪曰剥喪元良賊虐諫輔因奴正士為此三人發也及武王克殷微子面縛銜璧衰絰輿櫬以見武王親釋其縛受其璧而祓之焚其櫬禮而命之使復其所釋箕子之囚封比干之墓與箕子歸周而訪洪範箕子為武王陳彝倫之叙武王封之朝鮮其後箕子朝周過故殷墟感宗廟宮室盡為禾黍作

麥秀之詩殷民聞之為之涕泣武王崩武庚及三監叛周周公以王命伐而誅之患殷之遺民懷舊思亂乃分殷之故國封邶鄘衛而更封微子於宋宋亦殷之先君相土之舊封也於是微子以上公奉殷祀行其正朔禮樂以客事周周人敬之為作有客之頌微子卒世子蚤死乃立世子之弟微仲衍微者微子在殷所食采也微子之子稱微仲猶康叔之子稱康伯蔡叔之子稱蔡伯爾古者謂殷人立弟周人立子所謂立弟者太子死則立太子之弟所謂立子者太子死則立太子之子皆非時君之子弟也近世儒者誤以立弟立子為時君之子弟因謂微仲為微子之弟失

之矣子服伯子曰文王舍伯邑考而立武王微子舍其孫腯而立衍以衍況武王則衍亦微子之次子也以其稱仲明其為太子之弟也微仲卒子宋公稽立宋公稽卒子丁公申立丁公卒子湣公共立湣公卒弟煬公熙立湣公長子弗父何次子鮒祀鮒祀弑煬公欲立兄弗父何弗父何不受乃自立為厲公孟僖子言孔子之先曰其祖弗父何以有宋而授厲公厲公卒子釐公舉立釐公十七年周厲王奔彘二十八年釐公卒子惠公覸立惠公四年周宣王即位三十年惠公卒子哀公立哀公元年卒子戴公立自微子至戴公十

一世禮樂廢缺其大夫正考父求商頌於周太師得十二篇歸以祀其先王戴公二十九年周幽王為犬戎所殺三十四年戴公卒子武公司空立十八年武公卒子宣公力立十九年宣公卒宣公之子曰與夷公弟曰和宣公將死以國讓和和立是為穆公九年穆公疾召大司馬孔父使立與夷以稱先君之意孔父願奉子馮公不可使馮出居于鄭以辟與夷與夷立是為殤公元年以馮故與陳蔡衛伐鄭公立十年而十一戰民不堪命孔

父爲司馬華督爲太宰孔父之妻美督見而説之將爲亂先宣言於國以亟戰歸罪於司馬遂殺孔父而取其妻公怒督懼遂弑公逆公子馮于鄭而立之是爲莊公魯侯齊侯陳侯鄭伯會于稷以謀我以賂免九年鄭莊公卒其子突宋雍氏出也雍氏有寵于公公爲之執突及祭仲以求賂與之盟而納之突入而賂不至怨焉十年魯桓公將平我於鄭不許故魯師鄭師伐我十一年魯侯紀侯鄭伯復伐我以齊衛燕之師禦之敗績十二

年以齊蔡衛陳之師入鄭以大宮之椽歸為盧門之椽十三年鄭伯突出奔蔡公會諸侯伐鄭將納突不克十八年莊公卒（史記莊公凡十九年蓋以殤公卒之年為元年也然史記亦以執鄭祭仲為九年則進退皆非當以十八年為正也）子湣公捷立七年齊桓公初立八年六月及齊師侵魯魯敗我師于乘邱獲南宮萬九年秋大水魯來弔對曰孤實不敬天降之災又以為君憂拜命之辱魯臧文仲聞之曰宋其興乎禹湯罪己其興也勃焉桀紂罪人其亡也忽焉且列國有凶稱孤禮也既而

問之公子御説之詞也臧孫曰是宜為君有恤民之心

魯人歸南宫萬公戲之曰始吾敬子今子魯囚也弗敬

子矣萬病之十年秋遂弑湣公于蒙澤殺仇牧華督立

子游羣公子奔蕭公子御説奔亳南宫牛猛獲師師圍

亳十月蕭叔大心及戴武宣穆莊之族以曹師伐之殺

南宫牛于師殺子游于宋立公子御説是為桓公猛獲

奔衛南宫萬奔陳宋人請之二國歸之至皆醢之桓公

元年齊桓公會諸侯于北杏以平宋亂既盟而背齊二

年齊人陳人曹人來伐冬公會諸侯于鄄復與齊平二
十年齊侯爲鄭謀楚求會于諸侯公請先見及齊侯遇
于梁卯二十九年公疾病太子玆父請曰目夷長且仁
君其立之目夷曰能以國讓仁孰大焉臣不及也且又
不順走而退三十年桓公卒玆父立是爲襄公未葬而
會諸侯於葵邱使目夷爲左師以聽政是以宋治七年
正月戊申朔隕石于宋五是月六鷁退飛過我周内史
叔興來聘公問焉曰明年齊有亂君將得諸侯而不終

八年齊桓公卒桓公始與管仲屬公子昭於襄公至是五公子爭立昭來奔九年公及曹伯衛人邾人伐齊立昭而還十年三月執滕子嬰齊六月公及曹人邾人盟于曹南鄫子會盟于邾公使邾文公執鄫子用之次且之社欲以屬東夷目夷曰古者六畜不相為用况敢用人乎齊桓公存三亡國以屬諸侯義士猶曰薄德今一會而虐二國之君又用諸淫昏之鬼將以求伯不亦難乎得死為幸秋圍曹目夷曰文王伐崇三旬而不降退

脩教而復伐之因壘而降今君德無乃猶有所闕而以
伐人盍姑内省德乎十二年公將為鹿上之盟求諸侯
於楚楚人許之目夷曰小國爭盟禍也宋其亡乎幸而
後敗秋會于鹿上楚人執公以伐我冬諸侯會于薄以
釋公十三年公會諸侯伐鄭楚人救鄭公將戰目夷諫
不聽冬公及楚人戰于泓宋人既成列楚人未濟目夷
請擊之公曰不可既濟而未成列又以告公曰未可既
陳而後擊之我師敗績公傷股門官殲焉國人皆咎公

公不悔曰我雖亡國之餘不鼓不成列晉公子重耳過我公既敗於楚欲厚於晉贈之以馬二十乘十四年襄公卒子成公王臣立元年及楚平公如楚晉文公立三年遂叛楚即晉楚令尹成得臣伐我圍緡四年楚子及諸侯圍我使公孫固告急于晉五年晉侯伐曹衛以救我畀我曹衛之田敗楚師于城濮十一年成公卒子昭公杵臼立昭公將去羣公子樂豫諫不聽穆襄之族帥國人攻公殺公孫固公孫鄭六卿和公室樂豫舍司馬

以讓公子卬襄公夫人襄王之姊也公亦不禮焉元年
夫人因戴氏之族以去公之黨殺孔叔公孫鍾離及司
馬卬司城蕩意諸出奔魯三年楚子蔡侯次于厥貉將
伐我華御事曰楚欲弱我也先為之弱乎乃逆而道之
以田孟諸公為右孟鄭伯為左孟期思公復遂為右司
馬子朱及申之無畏為左司馬命夙駕載燧公違命無
畏扶公僕以徇四年蕩意諸歸自魯七年高哀出奔魯
高哀者蕭之封人也自蕭為卿以公為不義而亡公既

失衆公子鮑禮於國人宋饑竭其粟而貸襄夫人欲通之不可乃助之施九年國人奉鮑以因夫人夫人使公田孟諸將殺之公知之盡以寶行蕩意諸從公曰盍適諸侯公不可盡以其寶賜左右而使行夫人使司城去公對曰臣之而逃其難若後君何十一月夫人使甸人弑公意諸死之國人立鮑是為文公元年晉人以諸侯來討閻公既定乃還二年武氏之族道昭公子將奉毋弟須以作亂公殺須及昭公子而出武穆之族三年楚

子鄭人侵我我伐鄭四年鄭公子歸生以楚令伐我華
元樂呂禦之戰于大棘華元殺羊食士其御羊斟不及
怒而入鄭師師大敗鄭人囚華元樂呂以兵車百乘文
馬百駟贖之乃歸武穆之族以曹師伐我五年圍曹十
四年華椒會晉原縠衛孔達曹人盟于清丘曰恤病討
貳陳貳於楚我以盟故伐之衛人救陳十五年楚人伐
我十六年楚使申舟聘于齊曰無假道于宋我以孟諸
之役惡舟執而殺之九月楚子圍我十七年使樂嬰齊

告急于晉晉伯宗曰天方授楚未可與爭乃使解揚來告曰無降楚楚人得之厚賂使反其言登諸樓車遂致其君命晉救不至楚人築室反耕國人懼華元夜入楚師登其司馬側牀而起之曰寡君使元以病告曰敝邑易子而食析骸而爨雖然城下之盟有以國斃不能從也去我三十里惟命是聽側懼與之盟而告莊王退三十里而盟華元質焉二十二年文公卒子共公瑕立始厚葬君子譏華元樂呂以為不臣七年晉人使楚公子

鍾儀求成於楚楚人許之華元善於楚令尹嬰齊又善於晉欒書九年元聘于晉楚合二國之成十年五月晉士燮楚公子罷許偃盟于宋西門之外十三年共公卒子平公成立華元為右師魚石為左師蕩澤為司馬華喜為司徒公孫師為司城向為人為大司寇鱗朱為少司寇向帶為太宰魚府為少宰蕩澤弱公室殺公子肥華元曰我為右師公室卑而不能正吾罪大矣不能治官敢賴寵乎乃出奔晉二華戴族也司城莊族也六官

者皆桓族也魚石將止華元曰彼多大功國人與之不
反懼桓氏之無後於宋也追之及於河上請討許之乃
反使華喜公孫師帥國人攻蕩澤殺之桓氏之五官出
舍於睢上華元止之不可遂出奔楚華元使向戌為左
師老佐為司馬樂裔為司寇以靖國人三年夏楚子鄭
伯侵我納魚石于彭城以三百乘戍之國人患之西鉏
吾曰非吾患也使楚人與吾同惡以德於我吾固事之
矣不能收吾憎以贊其政以間吾釁亦吾患也今將崇

諸侯之姦而披其地以塞夷庚逞姦而攜服毒諸侯而
懼吴晉吾庸多矣且事晉何為晉必恤之四年晉人以
諸侯圍彭城降之以五大夫歸寘諸瓠邱九年樂轡以
弓梏華弱於朝公見之曰司武而梏於朝難以勝矣逐
之弱奔魯司城樂喜曰同罪異罰非刑也專戮於朝罪
孰大焉亦逐樂轡轡射子罕之門曰幾日而不我從喜
善之如初十二年大火十三年公會諸侯于柤晉人以
諸侯滅偪陽將以封向戌戌不敢受乃以予我二十年

華閱卒其弟臣殺其宰華吳公將逐臣向戌曰臣亦卿也大臣不順不如蓋之從之向戌為短策過華臣之門必馳十一月國人逐瘈狗入于華臣氏臣懼奔陳皇國父為公築臺妨於農收樂喜請俟農隙公不許築者謳曰澤門之皙實興我役邑中之黔實慰我心喜聞之親執扑以扶其不勉曰吾儕小人皆有闔閭以辟燥濕寒暑君為一臺而不速成何以為役謳者乃止或問其故曰宋國區區而有詛有祝禍之本也平公太子痤庶子

佐佐惡而婉痤美而很向戌惡痤寺人惠牆伊戾爲太子内師無寵二十九年楚客過宋太子請野享之公使往伊戾從之至則坎用牲加書驂而告公曰太子將爲亂向戌徵之公囚太子太子縊公徐聞其無罪也乃烹伊戾向戌善於晉趙武又善於楚屈建欲弭諸侯之兵以爲名告於晉楚皆許之三十年夏諸侯會于我七月辛巳盟向戌請賞公與之邑六十樂喜曰天生五材民並用之廢一不可誰能去兵兵之設久矣所以威不軌

而昭文德也聖人以興亂人以廢而子求去之不亦誣
乎以誣道蔽諸侯而又求賞乎削其書而投之戌懼辭
邑三十二年宋饑樂喜聞鄭罕虎以其粟貸乃請於公
出公粟以貸使大夫皆貸司城氏貸而不書為大夫之
無者貸國無飢人三十三年五月甲午大災共姬待姆
卒于火十月諸侯為災故會于澶淵將周我旣而無歸
寺人柳有寵於公太子佐惡之華合比請殺之柳諳之
公而逐之合比奔衛四十四年十二月平公卒子元公

佐立将殺寺人柳及喪柳熾炭于位将至則去之比葬又有寵八年五月壬午宋衛陳鄭火元公無信多私而惡華向華亥華定與向寧謀曰亡愈於死先諸十年六月華亥偽有疾以誘羣公子公子問之則執而殺之公如華氏請弗許遂刼公取太子欒母弟辰公子地以為質公亦取華向之子以為質十月公殺華向之質而攻之華向奉諸公子以歸公而出奔陳華登奔吴登者司馬華費遂之子也費遂之子三人曰貙曰多僚曰登登

既出乡僚譖貙於公曰將納亡人公將逐之十一年夏
貙殺多僚刼費遂而召華亥華定向寧於陳皆入於南
里以叛十月華登以吳師救華氏齊烏枝鳴戍我與我
師敗華氏于新里十一月晉齊衛曹皆來救我大敗華
氏圍諸南里華登如楚乞師楚薳越以師逆之十二年
薳越請釋華向于楚公將拒之諸侯之救者請之乃綏
之皆出奔楚十五年魯昭公出奔齊公為魯故如晉卒
于曲棘子景公欒立史記景公名頭曼左傳元公將亡夢太子欒即位於廟今以左氏為

正　二年樂祁會諸侯之大夫于扈將納魯君晉不可而

止八年諸侯城成周仲幾不受功曰滕薛郳吾役也薛

宰曰宋為無道絶我小國於周以我適楚故我常從宋

晉文公為踐土之盟曰凡我同盟各復舊職若從踐土

若從宋亦唯命仲幾曰踐土固然薛宰曰薛之皇祖奚

仲居薛以為夏車正奚仲遷于邳仲虺居薛以為湯左

相若復舊職將從王官何故以役諸侯仲幾曰三代異

物薛焉得有舊晉士彌牟曰子姑受功吾歸視諸故府

仲幾曰從子忘之山川鬼神其忘諸乎士伯怒告韓不
信執仲幾歸諸京師十三年樂祁言於公曰諸侯惟我
事晉今又不往晉其憾矣公使樂祁往晉趙鞅逆而飲
之酒獻楊楯六十范鞅娭之言於晉侯執樂祁十五年
趙鞅為之請而歸之卒於大行范鞅止其尸以求成十
六年使樂大心逆其喪辭以有疾乃使向巢祁之子溷
訴之曰大心將為亂十七年大心出奔曹公嬖向魋公
子地有白馬四公取而朱其尾鬣以予魋地怒使其徒

扶魋而奪之魋懼將走公閉門而泣之目盡腫母弟辰曰子為君禮不過出竟君必止子地出奔陳辰為之請弗聽辰曰是我廷吾兄也吾以國人出君誰與處冬辰及仲佗石彄出奔陳十八年辰地佗彄入于蕭以叛樂大心從之大為國患二十一年辰出奔魯地出奔鄭鄭人城戈錫以處之自是宋鄭歲相侵伐二十五年孔子自陳來桓魋惡而欲害之孔子去二十八年春向巢帥師伐曹二十九年秋圍曹築五邑於其郊鄭人救曹三

十年公復伐曹滅之執曹伯陽以歸殺之桓魋以寵偪
三十六年公使夫人驟請享焉而將討之魋先謀公公
知之與皇野謀之野曰不得左師巢不可以君命召之
至而與之言拜不能起公與之盟而使攻魋魋入于曹
以叛又使巢攻之不克亦入于曹曹人叛之魋奔衛巢
奔魯三十七年熒惑守心心宋星也公憂之司星子韋
曰可移於相公曰相吾之股肱曰可移於民公曰無民
誰君曰可移於歲公曰歲饑民困吾亦病矣子韋曰天

高聽卑君有君人之言三熒惑宜有動侯之果徙三度景公無子取元公之孫周之子得與啓畜諸公宮未有立焉四十九年十月公遊于空澤卒于連中公之嬖臣大尹興空澤之甲奉公以入召六卿劫而盟之以立啓司城樂茷宣言於國曰大尹惑蠱吾君君無疾而死死又匿之皆大尹之罪也大尹懼將復盟六卿六卿謀曰民與我逐之乎皆歸授甲使民施罪於大尹大尹奉啓以奔楚乃立得是爲昭公左傳言景公之死昭公之立其事甚詳史記稱景公六十

四年卒又言公子特殺太子而自立皆非也然景公之年比左傳多十四年則其後諸公之年皆未可信故疑而不録

昭公卒子悼公購由立悼公卒子休公田立休公卒子桓公辟兵立索隱汲冢紀年作桓公辟兵莊子曰桓公出前驅呼辟蒙人以為狂而史記作辟公辟兵且名辟兵而謚辟事必不爾史記蓋誤也桓公卒子剔成立梁惠王伐邯鄲徵師於宋宋君使使請於趙曰梁兵勁而權重今徵師於弊邑弊邑不從則恐危社稷若扶梁伐趙以害趙國則寡人不忍也願王之有以命弊邑也趙王曰然宋之不足以敵梁寡人知之矣弱趙以強梁宋必

不利也則吾何以告子而可使者曰臣請受邊城徐其
攻而留其日以待下吏之有城而已趙王曰善宋人因
舉兵入趙境圍一城焉梁王説曰宋人助我矣趙王亦
説曰宋人止於此矣其後剔成之弟偃襲攻剔成剔成
奔齊偃自立為君既而稱王有雀生鸇於城隅史占之
曰小而生巨必伯天下王大喜於是滅滕伐薛東敗齊
取五城南敗楚取地三百里西敗魏乃愈自信欲伯之
亟成射天笞地斬社稷而焚滅之剖傴之背鍥朝涉之

脛國人大駭羣臣諫者輒射之諸侯皆曰桀宋宋其復為紂所為不可不誅於是齊湣王與楚魏伐宋殺王偃而三分其地宋滅之歲齊湣王之三十八年也

蘇子曰宋襄公欲求諸侯與楚人戰于泓不鼓不成列不禽二毛以此兵敗身死而公羊嘉之以為文王之戰不過於此余竊笑之夫襄公陵虐小國至使邾人用鄫子于次且之社雖桀紂有不為矣乃欲以不鼓不成列不禽二毛求為文王不亦過甚矣哉夫堯舜文武其所

以自為者至矣始於其身而至於其室家仰不愧於天俯不慚於人夫是以干羽可以格三苗因壘可以伏有崇不然將敗折自救之不暇而況以伏人哉嗚呼儒者不原本末而惑於虛名將以盃水勝輿薪之火悲夫

古史卷十五